青少年
喜闻乐见的
智慧小故事

王占飞 著

金盾出版社

内 容 提 要

　　闪耀着智慧光芒的故事总能打动孩子们的心弦,激起他们浓厚的兴趣和强烈的求知欲望。这些充满智慧的故事告诉孩子们如何去观察和分析周围的事物,教育他们怎样运用自己所学的知识进行积极的思索,启发他们展开丰富的想象,引导他们去进行有益的推理和判断。从浩如烟海的世界各国的传统故事中,我们精选出符合上述特点的故事汇编成册,献给青少年读者。这些故事通俗易懂,既适合小学高年级和初中的学生自己阅读,也可以由父母或者老师讲给小学低年级的学生听。

图书在版编目(CIP)数据

青少年喜闻乐见的智慧小故事/王占飞著 . —北京:金盾出版社,2015.6
ISBN 978-7-5186-0155-4

Ⅰ.①青… Ⅱ.①王… Ⅲ.①儿童故事—作品集—世界 Ⅳ.①I18

中国版本图书馆 CIP 数据核字(2015)第 053402 号

金盾出版社出版、总发行
北京太平路 5 号(地铁万寿路站往南)
邮政编码:100036 电话:68214039 83219215
传真:68276683 网址:www.jdcbs.cn
北京军迪印刷有限责任公司印刷、装订
各地新华书店经销
开本:787×1092 1/16 印张:11.75 字数:142 千字
2015 年 6 月第 1 版第 1 次印刷
印数:1～4 000 册 定价:35.00 元
(凡购买金盾出版社的图书,如有缺页、
倒页、脱页者,本社发行部负责调换)

巧舌如簧——说辩智慧故事

明察秋毫——断案智慧故事

急中生智——应变智慧故事

巧思妙想——心智智慧故事

巧舌如簧——说辩智慧故事

如此算法

很久以前，有一年，先是天气大旱，后来又连下暴雨，这么一折腾，庄稼被糟蹋了一大半。可是朝廷要求上缴的苛捐杂税不但没减少，反而还比上一年增加了。

眼看着百姓就要缺粮挨饿，可朝廷却不闻不问。对此老百姓怨声载道，咒骂那些不顾老百姓死活的大小官员。

有一个农民，实在憋不住这一肚子怨气，闯进县衙，报告今年的灾情，求县太爷少征收些捐税。

县太爷听了老农说的年景后，问："今年麦子收成怎么样？"

这个农民答："三成。"

县太爷又问："棉花收成怎么样？"

这个农民又答："二成。"

县太爷又问："谷子收获几成？"

农民又答："二成。"

县太爷听到这里，火气就上来了，他一拍桌子，大声说道："三成、二成、二成，这不就有了七成收成了吗？比去年还多一成，怎么还说年景不好，你还找上衙门来告荒，分明是想不交粮纳税。我看你这个刁民，是想找打！"

听了县太爷一番"振振有词"的言论，这个农民不仅没生气，倒呵呵地冷笑起来，说："我老汉活了一百七十多岁，没见过这样的荒年，也没见过像你这样的县太爷。"

县太爷一听，火气更大了，他把惊堂木"啪"地往桌子上一拍，骂道："你这个贱民！刚才谎报年景，是为了不想交粮纳税，现在，你为什么又虚报自己的岁数？"

这个老农冷笑着说："小民现在实报，按照老爷的算法，小民今年七十岁，大儿子今年四十二岁，小儿子今年三十八岁，孙子今年二十岁，加起来不就是一百七十岁了吗？"

县太爷一听，愣愣地瞅着老农，久久说不出话来。

优孟劝谏

在两千多年前的春秋时期，楚国有个宫廷艺人叫优孟，他聪明机智，能言善辩，常谈笑讽谏时事。

当时楚国的国君楚庄王很喜欢马。他给宫廷里那些心爱的马，都披上华丽多彩的绸缎，养在金碧辉煌的大厅里，并搭好清凉的大床让它们在上面睡觉，还用精美的食料饲喂它们。

那些马都被养得膘肥体壮。一天，其中有一匹马，因为得病而死掉了。

这可心疼坏了楚庄王。楚庄王命令满朝的文武大臣向死马致哀，准备用双层的棺材装殓，按宫廷官员的葬礼办理丧事。

大臣们都劝楚庄王，马不能和人的待遇一样，这样轻人重马是不对的。楚庄王不仅不肯采纳大家的意见，还气愤地下了一道命令：

"有谁敢再为葬马一事向我进言，就是违背我的意志，一律处死！"

群臣虽然心里不服，可没有一个人敢为这事再去谏言。是啊！有谁愿意自己去送死呢？

优孟听说了这件事，没当众说什么，却径直闯进王宫，当着楚庄王和群臣的面，仰天大哭起来。可以说声泪俱下，看样子十分痛心。

朝中的官员都感到莫名其妙，楚庄王也大吃一惊，他急忙问优孟为什么痛哭。

优孟边抹着眼泪边回答说："国君最心爱的马死去了，真是我们楚国的大事。像我们楚国这样一个堂堂大国，想要什么就有什么，想办什么事情就能办什么事情。而为那匹死马办理丧事，却只用葬一般官员的礼节来举行，照我看，实在太寒碜了，有失我们大国的体面！可满朝文武官员还要劝国君取消这样寒碜的葬礼，对此我感到十分痛心。"

优孟情真意切的话语说到楚庄王心里去了。楚庄王面带喜色地问："照你看来，应该怎么操办这匹马的葬礼？"

优孟说："应该用葬国君的等级规格来办这件丧事。用洁白的玉石雕刻一具内层棺材，用雕刻精美的梓木做外层棺材，把马装殓起来。调遣大批士兵来挖一个大坟坑，发动全城的男女老幼来挑土堆坟。"

看楚庄王在神情凝重地听着，优孟说道："出丧那天，叫各国的使节都来送葬，要齐国、赵国的使节在前面引幡招魂，让韩国、魏国的使节在后面护送。再修建一座富丽堂皇的祠堂，用整牛整羊，长年供奉它的牌位。还要

像诸侯大人死了一样，追封它万户侯的谥号。这样，就会让大小官吏、天下的平民百姓、各国的君臣都知道，原来我们楚国国君是把人看得很轻贱，而把马看得最贵重的。"

听了优孟的一番话，楚庄王猛然醒悟过来，他喃喃低语道："我的过错难道真的有这么大吗？我现在应该怎么办呢？"

优孟见状说道："事情既简单又好办，对待这匹死马跟对待别的牲畜一样就行了。把它宰掉，割肉，然后放在锅里，再放上各种调料，用柴草烧起大火，把马肉炖得香喷喷的，让大家饱吃一顿就行了。这是对马的最好的葬礼了。"

楚庄王听后，很长时间没有说话，最后点头接受了优孟的这个意见。

晏子巧对楚王

春秋后期，晏婴继任父亲晏弱的位置，出任齐国的国相，晏婴身材不高，其貌不扬，但头脑机灵，能言善辩，善于辞令，人们尊称他为晏子。

一次，晏婴奉命要出使楚国。楚王知道后，问左右的大臣："晏婴身材矮小，但听说口才很好，很有名气。他到我们楚国来，我想羞辱他一下，显示显示我国的威风，你们有什么好办法？"

大臣们默然思忖，片刻，太宰蓬启疆悄悄地对楚王说："晏婴聪明机智，能言善辩，不好对付，必须这样……"接着说出了自己的锦囊妙计。楚王一边听，一边频频点头。

蓬启疆叫工匠连夜在楚国国都城东门的旁边开了一个不到五尺高的洞，并歪歪斜斜安上一个门。吩咐守城门的兵士说："齐国使臣晏婴来到时，不

必开城门，让他从这个小门进来就行了。"

第二天，晏婴带领随从坐车来到楚国都城东门，见城门紧闭，便叫随从喊门。守城门的兵士却打开小门，要晏婴从小门进去。

晏婴是何等聪明，他立即明白了楚国君臣的险恶用心，他指着小门高声对守门士兵说："这是狗洞，不是国宾出入的大门。出使到狗国去的人才从狗门钻进去，今天我是来出使你们楚国的，不应该从狗门进去。"

守门兵士一听，没了主意，马上飞快地去报告楚王。楚王听后无话可说，只好叫人打开城门，让晏婴和他的随从从大门走了进来。

来到王宫，晏婴按照礼节拜见了楚王。楚王却显出惊讶的样子，开口就问："你们齐国没有人了吗？"

晏婴从容不迫地回答说："我们齐国国都临淄人山人海，人多得哈出的气能凝成白云；举起衣袖就像浓密的树荫，能遮住太阳；挥洒汗水就像下雨一样。街上的行人肩碰着肩，脚挨着脚，怎么能说没有人呢？"

"既然这样，为什么要派你这么矮的人来我们楚国呢？"

听了楚王这挑衅和不敬的话，晏婴不慌不忙地答道："是这样，我们齐王派遣使者有个原则，有道德有才能的国君那里派遣有道德和有才能的人去，那些品行很差没有才能的人被派遣到没有品行没有才能的国君那里去。我晏婴在齐国是最没有出息的人，所以只能出使你们楚国。"

楚王被晏婴的一席话挖苦得面红耳赤，但又说不出什么，心里暗暗钦佩晏婴的聪慧和说辩才能。

吃饭的时候，楚王亲自陪着。忽然有几个卫兵，押着一个犯人从客厅下走过。楚王故意高声问道："这个人犯了什么罪？"

"他偷了东西。"卫兵回答说。

"罪犯是什么地方人？"

"齐国人。"

楚王得意洋洋，回头轻蔑地看着晏婴，说："齐国人喜欢偷东西呀！"

晏婴一下子看穿了这是预先安排好来羞辱他的，他没有惊慌，反而哈哈一笑，说："我听说江南有一种橘子，移植到江北，就成了味道酸苦的枳。为什么会出现这样的结果呢？这是因为土质不同。齐国人在齐国不偷东西，到了楚国就变得偷东西了。这是楚国的风气使他变的，其中的道理是一样的呀！"

楚王又被晏婴驳得无话可说，过了片刻，他才叹了口气说："我本想戏弄你，现在反被你戏弄了。"

晏婴不想令楚王太过尴尬，就没有说什么，只是笑了笑。

晏子道喜国君

齐景公是个喜欢到处游玩的人。一天中午，他散着长发，带着几个美貌的宫女，乘着六匹马拉的车准备出宫游玩。没想到，在出宫门时，却叫一个曾受过酷刑的守门人当面拦住了。守门人揪住马缰绳边打马头边对齐景公说："不准出去，你披头散发，哪像我们的国君！"

齐景公听后，既生气，又懊悔，想了想，没再坚持，返回宫里，好几天没有出面料理国事。

国相晏子开始几天感到奇怪，后来知道了其中的缘由，就找到齐景公，故意问他为什么近几日不理朝政。齐景公说："前几天，我驾车出宫门，那个一瘸一拐的守门人竟把马打了回来，还出言不逊，我身为国君，受人羞辱，还有何面目上朝？"

听到这里，晏子忙向齐景公连连拱手说："恭喜国君，我向您道喜，您不应该感到羞愧呀！"

"你道的是什么喜？"齐景公不解地问。

晏子不急不慢地说："臣听人说，如果臣民百姓不敢直言，朝内必然隐藏着祸患。君主圣明，臣下才敢讲话；国君宽宏大度，百姓才能拥护。您散着头发出宫门，确实不像国君的样子。连一个守门的人也敢讲实话，并且毫不客气地阻止您，说明他们真心拥护、爱戴您。这是好事啊，所以臣给您道喜。"

齐景公觉得晏子的话入情入理，不禁点头称是。晏子缓了口气，接着说："我建议赏赐那个守门人，奖励他敢给国君提批评意见，这可以帮助您得到更多的人才。"

齐景公很爽快地采纳了晏子的建议，马上给守门人增加了一倍的俸禄。此后，齐景公按时上朝料理国事，也不时出去游玩。

一天，他到了纪地。纪原来是个小国，在齐景公执政的一百多年前被齐国灭掉了。老百姓听说齐景公来巡视，就把从地下挖出的一只金壶献给齐景公。

齐景公叫人把壶盖打开，发现里面有两片竹简，上面用红漆写着八个字："食鱼无反，勿乘驽马。"

齐景公说："好！这句话说得好。它告诉后人，吃鱼的时候吃了一面不要把反面也吃掉，因为鱼腥味太重；不要乘驽马，因为驽马不能走远路。"

晏子在一旁却说："国君您理解错了，'食鱼无反'，是告诫后代的国君不要耗尽民力；'勿乘驽马'，意思是不要让小人处在国君身旁！"

齐景公很不理解："照你这么说，纪国国君是很有远见的人了，那纪国怎么会灭亡呢？"

"纪国灭亡当然是有原因的。"晏子说："我听说过，国君的治国之道，

应该书写出来，悬挂在每座城门上、每家门口上，让全国的老百姓都知道，这样才能君民同心，上下协力，而纪国国君虽然有远见卓识，却把它藏在金壶里，埋在地底下，这样有谁知道呢？因此，纪亡国是很正常的事。"

齐景公听后，恍然大悟，连连称赞道："有道理！解释得好！"

马夫的罪状

春秋后期，继楚庄王之后，齐国国君齐景公也有个特别的嗜好，那就是非常喜欢马。有一次，他最喜欢的一匹马突然得病死了。

齐景公为此心疼得不得了，先是寝食难安，继而暴跳如雷，最后他把无法排解的怨气都撒到了饲养这匹马的宫廷马夫身上了。他立即命人要把这个该死的糊涂马夫押下去肢解。

正在这时，朝中宰相晏子上朝议事，他看到几个拿刀的武士气汹汹地押着马夫走过去。不知道发生了什么事，忙问身边的人，才知道是齐景公要无端定罪杀人，晏子又气又急，心中很是不满。

可是，怎样制止齐景公这种武断残暴的行为呢？直言劝说，这种情况下，极可能听不进去，甚至给你驳回来；当面阻止，他会觉得失了国君的面子而恼怒，马夫依然难免被杀掉，而自己也可能被殃及。

晏子快速思考，然后上前对齐景公说："有个问题向陛下请教，尧、舜肢解人时，不知从谁身上开始的？"

齐景公被问得张口结舌，心中暗想："尧舜是贤明君主，人们世代传颂，从没有肢解过人，怎么还能提到从谁身上开始呢？"转而又一想，才猛然醒悟过来：这是晏子在用尧舜开导自己。

齐景公很不高兴地说："相国，我明白了，肢解人也不应该从我开始。"当时就命令把马夫押到监狱里去，不再肢解他了。

晏子心里清楚，国君这口气出不来，马夫早晚还是过不了这关。晏子便异常严肃地对国君说："陛下，马夫犯下了死罪，投到监狱而后处死是理所当然的。不过，与其让他糊糊涂涂死掉，不如让他明白自己到底犯了哪些罪，然后，再名正言顺地把他杀掉，岂不是更好！"

话锋这么一转，齐景公原先冷若冰霜的脸上挂上了一层笑容。

"国君陛下，现在我就把马夫的罪行一一列举出来吧？"晏子继续说道。

齐景公点头说："好啊，那你说吧。"

晏子一本正经地开始数落马夫的罪状："马夫的罪行有三：第一，是他把国君的马养死了。第二，死的马又是国君最心爱的马。第三，马夫让国君因为死了一匹马而杀人，老百姓听说了，都会同情马夫，而怨恨国君；官员们听说了，会以为国君残暴、不通情理，而蔑视国君，远离国君。这样，举国上下，朝廷内外，都会对国君不满、失望。这正是马夫最严重的罪行嘛！所以，决不能姑息，完全应该杀掉。"

齐景公听得明白，心里清楚晏子这哪里是列举马夫的罪状，分明是在巧妙地指明自己的过错。事实上也确实如此。

齐景公边听边想，脸上红一阵儿，白一阵儿，感到手足无措，他急忙打断晏子的话，说："好了，不要说下去了，我明白了，马夫确实无罪。把他放了，立即放了！此事就算过去了！"

邹忌以琴劝谏

齐威王是齐桓公田午的儿子。公元前 356 年（田齐威王元年），齐威王

继承王位，成为齐国国君。继承王位伊始，齐威王每天只知道吃喝玩乐，肆意享受，而不理朝政。一晃九年的时间过去了，齐国国力衰败，百姓贫困不堪，怨声载道。

朝中很多正直的大臣上书规劝，齐威王根本听不进去，到后来，齐威王下了一道命令，不准规劝他的人进王宫，如有违反者，立即赐死。

大臣们十分担心国家的命运，虽然心急如焚，但为了能保全性命，也只好都缄默其口。在他们看来，是无法把齐威王劝说过来的。

一天，有个大臣走进王宫，对齐威王的侍臣说："听说大王爱听琴，我特来拜见大王，为大王抚琴。"

这个大臣叫邹忌，相貌堂堂，一表人才，而且头脑灵活，能言善辩。据说，琴也弹得非常好，闻名全国。

侍臣将消息报告给齐威王，齐威王一听很高兴，立即召见。他吩咐侍臣摆上桌子，把琴安放好。

邹忌坐在琴前，熟练地调弦定音之后，摆着弹琴的架势，却并不弹。齐威王很奇怪，问道："素闻爱卿琴艺高超，现在抚琴不弹，是寡人的琴不好，还是别的什么原因？"

邹忌站起来郑重地说："我不仅琴弹得好，还精通弹琴的理论，包括琴的制作，琴的发声原理，大王听听弹琴的理论是很有益处的。"

齐威王一听非常高兴，说道："好啊，弹琴的理论，寡人初次听说，你说来听听。"

邹忌说："优美的琴声，可以陶冶性情，杜绝淫邪之念，使人改邪归正。古时候，圣人伏羲做的琴，长三尺三寸六分，好像一年的三百六十日，上圆下方，犹如以法规治理天下；五根弦，好似君臣之道。"

齐威王边听着，边似有所悟地点着头。

"弹琴，和理家治国一样，必须专心运神。"邹忌接着说，"大弦声音宽厚、低沉、粗重，似春风浩荡，君也；小弦声音清脆、单纯、轻捷，似山涧溪水，臣也。"

"应弹哪根弦就深弹，不应该弹的弦就不要弹，这如同政令一样。大弦小弦配合，高低急缓协调。只有这样协调配合好，才能弹奏出优美的乐曲。这正如君臣各尽其能，才能上下同心，民富国强。其中的道理是一样的。"

齐威王听着听着渐渐显出不耐烦的样子，说道："爱卿的琴理固然讲得不错，但那只不过是空谈，我要见识见识你弹琴的真本领！现在请你弹奏一曲。"

听到这话，邹忌两手轻轻舞动，作出弹琴的架势，却并不真弹。

齐威王见此，真有些恼怒了，他生气地说："你为何只摆姿势，并不真弹？难道你不怕我怪罪吗？"

"请大王息怒。"邹忌微笑着说，"您看我守着琴不弹，很不高兴吧？大王您的职责是管理国家，当然应该以国事为重。可如今你身在君位，不理国事，与我拿着琴不弹有什么两样？我不弹琴，大王不高兴；大王在位九年不理朝政，一切国事都由卿大夫去做，连边境告急这等危急大事，大王也不放在心上，恐怕齐国的大臣老百姓也不会高兴吧？"

齐威王耐心听完邹忌这些振聋发聩的话后，没有言语，在那儿沉闷不语。

"琴声也是心声。"邹忌看着齐威王的脸色说，"琴不弹则不鸣，而国不治则不强啊……"

说到这里，齐威王那阴沉的脸上忽然透出笑意，他然后站了起来，上前拉住邹忌的手说："爱卿以琴劝谏，使我耳目一新，现在明白了爱卿的意思，寡人一定按爱卿说的去做。"

紧接着，齐威王请邹忌谈论国事，邹忌劝他节制饮酒，不近女色，兴利除弊，重用贤能，专心治理国家，使齐国国强民富。

一番高谈阔论之后，齐威王十分高兴。此后，他对邹忌加以重用，自己也亲理朝政，用贤去佞，齐国很快强盛起来了。

引来千里马

战国七雄中，燕国实力比较弱，因此不断遭到别国的侵略。有一次，齐国趁燕国内部出现一些混乱，就派兵攻打，燕国差点儿被灭掉。

这件事情过后，燕昭王痛定思痛，他想："燕国疆域不小，人口不少，为什么老是挨打受欺负呢？"

他琢磨来琢磨去，最终认识到，燕国软弱的主要原因是缺乏一批良臣武将。一个国家如果没有一批良臣武将，就如同房屋缺少栋梁一样，一定经不住狂风暴雨的袭击。

燕昭王决定广泛招聘人才，共同治理燕国。可是，他又不知道如何才能把有才干的良臣武将召集来。

有个大臣对燕昭王说，有个贤人叫郭隗，足智多谋，智慧超群，过去的大王没有重用他，让他闲在家中，现在要召集人才，可先找他商量商量。

求贤若渴的燕昭王亲自来到郭隗的家，向他请教治国大计，并请他多推荐些人才。

当时，郭隗已经年过花甲，但精神劲儿十足，容光焕发。他沉思片刻说："重用人才，这是治理好燕国的根本。可是，怎样才能把许许多多出类拔萃的人才召集来，我也说不上。我先讲个故事给国君听听吧。"

说完，郭隗就开始讲起来：古时候，有个国王很爱千里马。他叫人到处寻找，找了三年也没找到。有个侍臣打听到很远的地方有一匹十分名贵的千里马，就跟国王说，只要给他一千两黄金，在三个月内，准能把千里马带回来。

喜爱马的国王毫不犹豫地让他带一千两黄金去买。侍臣一路风尘仆仆赶到那里，不料那匹千里马得病死了。侍臣想，我已经向国王许诺，准能买回千里马，如今空着双手回去，怎么交代？国王要是怪罪下来，那必是死罪！

后来，他想出一个好主意，他把带来的黄金拿出一半，买了马骨头带了回去。

侍臣把马骨献给国王。国王气愤地骂道："我是叫你去买活马，谁叫你买无用的马骨回来！五百两黄金就买回一堆无用的马骨头。"

侍臣却回答说："陛下，不要小看这马骨，它能变出活的千里马来。"

国王感到十分惊奇，就问："无用的骨头怎么能变出活马来？"

侍臣说："人们听说陛下肯花五百两黄金买死马骨头，就知道您是真心爱惜千里马，人们就会把活的千里马送上门来。"

国王听了，感觉有些道理，但不免有些将信将疑，不过还是照侍臣说的，非常隆重地埋葬了马骨。

这件事很快传开了。不到一年，果然有三匹千里马送到了国王面前。

郭隗讲到这里，停住不讲了。

燕昭王开始感到奇怪，心想，我叫他推荐人才，他怎么讲了这么个故事呢？后来一琢磨，才明白郭隗的真正用意，恍然大悟："哦，原来郭隗是想叫我把他当作马骨，引来千里马。"

如获至宝的燕昭王回到皇宫，马上叫人造了一套漂亮的房子，让郭隗住在里面，还公开宣布拜郭隗为师，虚心向他求教。

这件事很快传开了。人们知道燕昭王是真心实意爱惜人才，重用人才，因此，许许多多有才能的人跑到燕国国都，请求燕昭王接见。不少别国的智勇双全的人才，也争着向燕国奔来。就这样，燕国有了各方面的良才，实力很快变得强大起来。

甘罗巧言外交

甘罗是战国时楚国下蔡（今安徽颍上）人。他的祖父甘茂曾担任过秦国的左丞相。甘罗从小聪明过人，素有大志，小小年纪便拜入当时秦国丞相吕不韦门下，做了吕不韦的门客。

这一年，秦王准备派大臣张唐出使燕国，寻找机会制造燕国和赵国之间的猜疑和矛盾，迫使他们各自和秦国联合，以便秦国逐渐统一六国。

张唐心里忐忑不安，因为出使燕国必须经过赵国，他曾经率领秦军攻打过赵国，赵国国君曾扬言，谁如果抓住张唐，就赏赐给谁百亩的土地。因此，张唐顾虑重重，不肯领命。

散朝以后，吕不韦回到家里，脸色非常难看，看上去十分恼怒的样子，甘罗见状，就走上前问道："丞相有什么心事，可以告诉我吗？"

吕不韦心里正为张唐拒绝出使的事烦躁，就挥挥手说。"走开，走开，小孩子知道什么！"甘罗高声说道："丞相收养门客不就是为了关键时候能够替您排忧解难吗？现在您有了心事却不告诉我，我即便想要帮忙，也没有机会啊！"

吕不韦见甘罗说话挺有自信的样子，就改变了态度，说"大王准备派张唐到燕国为相，可是他却借故推辞不去。"

甘罗听了，微微笑道："原来丞相就为这样一件小事烦恼，丞相何不让我去劝劝他？"吕不韦责备他："小孩子不要口出狂言，我请他他都不去，何况小小年纪的你。"甘罗听了不服气地说："我听说项橐七岁的时候就被孔子尊为老师，我今年十二岁了，你为何不让我去试试，如果不成功的话，你再责备我也不迟啊！"

吕不韦见他自信满满、神气凛然，心里不由得暗自赞赏，于是就改变了态度，放缓了口气说："好，那你就去试试吧！若能完成此事，必有重赏。"

甘罗见他答应了，也就没多说什么，高高兴兴地走了。见到张唐后，甘罗向张唐晓之以理，动之以情，最后对张唐说："如果你愿意去燕国的话，我愿意替你先到赵国去一趟。"

张唐思前想后，最终答应了甘罗的请求，条件之一是甘罗先要替他出使赵国，为他出使燕国扫清障碍。甘罗爽快地答应了。

吕不韦听到甘罗的禀报后，非常高兴。第二天上朝时，吕不韦向秦王推荐让甘罗代替张唐出使赵国。秦王有些不放心，就召来甘罗相见。

见到甘罗后，秦王试探地问："出使赵国，见了赵王你说些什么？"

"使臣重任在身。答辩应酬要做到随机应变，到时我看他的神色，相机行事。不知道赵王反应如何，我也不能确定该说什么话啊！"

甘罗的回答令秦王和大臣们感到很是惊奇，内心暗暗佩服这个勇气和见识超卓的少年。秦王又问了一些别的情况，甘罗均对答如流。秦王大喜，当即任命甘罗为使臣，给他十辆车、百余名仆从，让他出使赵国。

赵王听说秦国使臣到访，赶忙出城迎接。一看堂堂秦国的使臣竟是一个黄发垂髫的孩子，内心有些不高兴。但出于礼节，还是隆重地接待了他。

甘罗问赵王："燕太子丹到秦国去做人质的事您听说了吗？"

"听说了。"赵王说。

"秦国要派人到燕国去做国相的事听说了吗?"

"也听说了。"

"燕王把太子送到秦国做人质,这表明燕国信任秦国;秦国又要派人到燕国做国相,这表明秦国信任燕国。秦国和燕国互相信任,联合起来,赵国就很危险了。"

说到这里,甘罗故意停了停,看看赵王沉默不语,面带惧色,又用和缓的口气说,"但是,事情还可补救。秦国和燕国联合,没有其他特殊的要求,只不过想扩大一些河间的地方。如果大王肯将这几座城让给秦国,秦国马上就会和赵国友好,共同对付燕国,夺得比河间几座城池更多的地方。"

赵王听了,想了想,觉得甘罗的主意对赵国有益,于是就答应了甘罗的要求,把五座城割给了秦国。后来赵国果然从燕国夺得了三十座城池。

甘罗不辱使命,圆满地完成了外交使命。秦王十分赞赏他的聪明才智和超人的说辩才能,不顾一些大臣的阻挠、反对,果断地把十二岁的甘罗封为上卿。这样,甘罗小小年纪就名传四海了。

优旃劝秦二世

秦始皇驾崩后,他的儿子胡亥继承了皇位,即秦二世。秦二世是个只知道享乐的皇帝,他天天过着花天酒地、荒淫无耻的生活。

为了使京城咸阳更美观,他竟然下达了一条荒谬至极的命令,这个荒谬的命令就是把城墙油漆一遍。

大臣们一见这道命令,先是惊得目瞪口呆,然后都愤愤不平,可又不知道怎么办才好。去谏劝秦二世,让他将这个荒唐的命令收回,可谁都知道,

秦二世蛮横暴虐，喜怒无常，劝不好，不但有可能事情没办成，反倒自找麻烦。但如果不按照圣旨去办，又会犯欺君的大罪。但若执行，这荒唐的命令实在难以执行。

人们想来想去，忽然想到了乐人优旃。

优旃是个幽默诙谐的人，善于用谈笑讲明道理，说动人心。有一回，秦始皇想要修一个东到函谷关，西到陈仓一带，有几百里长的大苑囿。大苑囿里要养各种禽兽供他玩赏。

优旃知道后，故作赞叹地对始皇说："陛下的这个主意真是妙不可言，多多地养一些禽兽在里面，等有敌人从东面打来，您只要命令麋鹿用角去抵挡那些敌人就行了。"秦始皇一听，知道这样做不得人心，最后放弃了修大苑囿的想法。

这一次，大臣们把优旃找来商量，优旃知道情况后笑笑说："让我试试吧。"

优旃见了二世，直截了当地说："听说陛下下了一道命令，要油漆城墙？"

"是啊，我想叫咸阳城变得更美丽，这有什么不好吗？"二世毫不在意地说。

优旃喜悦地说："棒极了！这真是个好主意。我心里十分赞赏您的做法。即使陛下不下这样的圣旨，我也要提出这样的建议。"

秦二世笑眯眯地，看起来似乎很享受。

"漆城墙，虽然会给老百姓增加徭役和经济负担，但是全城会因此变得焕然一新，好处太多了。我现在就急着想去把它油漆好。"优旃显得很激动地说，接着拍手吟唱起来："城墙漆得溜光光，敌寇来了不能上，城墙漆得油荡荡，敌人一爬准粘上！"

这时，昏庸的秦二世觉得油漆城墙的理由更充足了。

"还有，把城墙油漆一遍也不是多么难办的事啊！"优旃说。忽然他又显出十分为难的样子，犹豫地说："只是油漆过的东西，不能曝晒，要阴干，那漆才牢固，不会脱落。可是上哪儿去找一所大屋子把城墙罩起来呢？"优旃看着秦二世，建议说，"陛下，还是先建一座能把整个咸阳城罩起来的大屋子，而后再油漆城墙吧。"

秦二世虽然蛮横暴虐，但也能分出里表，听出话的好坏来。他想了想，笑了起来，说："那就算了吧，不漆城墙了。"就这样，这个荒唐的命令终于撤了下来。

聪明的射手

战国时期，楚国有个国君十分贪生怕死，他很怕自己有一天死掉，再也享受不到荣华富贵了，因此，他不惜重金到处求仙访道，妄想得到能够让自己长生不死的仙药。

这个国君身边有一个擅长阿谀奉承的侍从，很会献媚讨好。他听说国君不择手段寻求长生不死药，就几次向国君表白，天下一定有这种药，他一定想尽办法给国君找到。愚昧的国君给了这个侍从很多赏赐。

这件事传到楚国朝中卫队的一个射手耳中。射手为人正直而聪明，他对国君的糊涂作法，感到十分好笑。但是，他更鄙视那个阿谀奉承，专门拍马屁的侍从，总想找机会教训教训他。

有一天，有一个不知道从哪儿来的人出现在楚国国都郢城，说要把长生不死药奉献给国君。那个侍从听说后，马上跑到这个人面前，说是楚王叫他

来取药的，接过药便慌忙向内宫走去。

恰巧，那个射手迎面走过来，他见侍从急急忙忙，就问道："你手上拿的什么东西？"

侍从很神气地说："长生不死药。"

"可不可以吃？"

"吃了就能长生不死，怎么不可以吃呢？"侍从显出蔑视的神色。

射手听了，上前伸手夺过药，塞进嘴里，一口吞了下去。

这就像摘了侍从的心肝一样，他气急败坏，咬牙切齿地说："我看你是活够了！你等着瞧！"说完，一溜儿小跑去报告给楚王。

楚王知道这件事后，雷霆震怒，他立即命人将那位射手押上大堂，要重刑拷打，然后推出去砍头。

被押解到堂前，射手倒很沉着，辩白说："陛下，我是问了侍从'可不可以吃'，侍从说'可以吃'，我才吃的，这不是我的错，是侍从的罪过！陛下如果不信，请问侍从，他是不是这么说的。"

一旁的侍从一听这话，慌了手脚，支支吾吾，百嘴难辩，怎么也说不清楚。

还有，射手用更为坚定的语气说道，"侍从拿来的是不死之药，我已经吃下肚子，要是再被陛下杀死，岂不证明这药不是不死之药，而是侍从在愚弄陛下吗？您要是杀了我，就是要让天下人都知道，谁说假话欺骗陛下，陛下就听谁的，陛下杀的尽是无罪的好人。"

楚王听了这番话，心中暗想，射手说得句句有理，如果杀了他，不但证明了那药是假的，而且还会受到全国老百姓的耻笑。这等蠢事是无论如何不能做的。

楚王想到这儿，下令把那个射手放了，而把侍从重重地打了五十大板，

以作惩罚。

孔融攀亲戚

孔融是东汉末年文学家，能诗善文。四岁时的一天，他的父亲买回来一些金黄鸭梨，孔融见了，高兴得直拍手，在吃梨时，他在篮子里拣了半天，却拣了一个最小的拿在手里。

他父亲奇怪地问："你为什么拣了一个最小的？"

孔融回答道："我年纪最小，当然应该吃最小的。"

一个仅仅四岁的孩子竟然能说出这样的话，父亲内心十分欣喜。

十岁时，一次，父亲有事到京都洛阳，也把孔融带了去。在洛阳逗留期间，孔融听说有个叫李膺的人声望很高，好荐贤举能，只是平日里除有地位、有名声的人及本家亲戚以外，一概不接待。

"这架子摆得有些大了。"孔融想，"我非要去见见这位孤傲的人不可。"

他把想法告诉给父亲，父亲说："李膺是个声望很高的郡太守，怎么能接待你这么个小孩子呢？恐怕连大门也进不去。"

"这个我自有办法。您就别多虑了。"孔融说。这一天，孔融独自来到李膺门前。守门的人问。"你是谁家小孩子？"

"我是李府君的亲戚，特来拜访。"满脸稚气的孔融从容不迫地回答。

守门的人将信将疑，他把孔融上下打量一番，又问道："你是李大人的亲戚？那么你是……"

"休要多问，快去通报！"没等守门人说完，孔融便严肃地说。

守门人被孔融的气势镇住了，断定是真的，便进去通报了。

李膺听说有亲戚来访，出门来迎接，只见进来的是个小孩子，觉得很奇怪，忍不住问道："您跟我是什么亲戚？"

孔融说："我是孔仲尼的二十四代子孙，您是李伯阳的后世，从前李伯阳跟孔仲尼有亲密的师友关系，所以我跟你也算得上世交了。"

"噢！"李膺当然知道孔子曾向老子请教过周朝的礼仪制度。看到眼前这个小孩的机智与淡定，李膺很是欣赏，便热情地引孔融去到客厅。客厅坐满了客人，在座的客人用惊异的眼光看着孔融。

过了一会儿，大中大夫陈韪进来了，有人把刚才发生的事情告诉了他。陈韪撇撇嘴，显出不以为然的样子说："别看他小时候很聪明，长大了不一定有出息。"

这句话恰好被孔融听见了，毫不客气地回了一句："这样说来，您这位老先生小时候一定是很聪明的了！"

陈韪听了，张了张嘴，一时无话应对，不禁涨红了脸。

闻味儿还账

阿凡提聪明睿智，才辩超群，更为可贵的是他正直善良，喜欢打抱不平，常常帮助那些处于困境的穷苦百姓，是下层人民的知心朋友。

一次，阿凡提骑着他的小毛驴去赶集。他在热闹的集市上转悠了半天，肚子有些饿了，便找到一家饭店，把小毛驴拴在外面，走了进去。

一进门，他看见饭店掌柜正拉着一个穿着破烂衣服的人大声吆喝："你这穷小子，不留下钱就想走，哪有那么便宜的事！"

那个穿着破烂衣服的穷汉也不示弱："凭空就想掏人的腰包，还讲理不

讲理?"

阿凡提走上前去，指着那个穷汉问那个饭店掌柜："他为什么应该给你钱?"

饭店掌柜看了阿凡提一眼，说："他在这儿坐了半天，饭菜的香味他都闻去了。他还带了一个饼来，等我的饭菜香味都跑到他的饼里去了，他才吃，吃完就想走。你说，能白闻味儿不给钱吗?"

阿凡提问那个穷汉："你说说是怎么回事?"

穷汉说；"我本来是想在这里吃顿饭，可钱不够了，所以，就坐在这儿希望能讨点剩饭剩菜吃，可运气不好，没有讨着，只好干巴巴地吃掉自己带来的饼。我刚要走，他非要朝我要闻味的钱不可，哪有这种道理!"

这时，那个饭店掌柜蛮横地说："闻了我饭店香味不给钱，没有这么便宜的事!"

阿凡提对饭店掌柜说："这样吧，让我跟他说，他会把闻味儿的钱给你的。"说完，转身又对穷汉说："你把你的钱都给我，我会让你们都满意的。"

穷汉迟迟疑疑地从兜里掏出钱，然后把钱交给了阿凡提。

阿凡提接过钱握在两个手中，然后把手举到饭店掌柜的耳边使劲地摇晃，问："听见了吗? 听到钱的声音了吗?"

饭店掌柜是个爱财之人，对钱的碰击声特别爱听，满脸堆笑地说："听见了，听见了。"

听饭店掌柜说听见了后，阿凡提把钱还给那个穷汉，并说："你可以走了。"

"你凭什么把他放走?"饭店掌柜气哼哼地说，忙拦住穷汉，"不给钱就休想走出店门!"

阿凡提说："你俩'两清'了，他怎么就不可以走?"

"怎么'两清'了?"饭店掌柜被闹得糊里糊涂。

阿凡提说:"他闻了你饭菜的香味,他不给你钱;你听了他的钱的声音,你也不用给他钱,这不'两清'了吗?"

饭店掌柜一听,傻眼了,但又无话可说,只好把手一松,让穷汉走了。

为了您着想

为了养家糊口,阿凡提来到一个财主家去打短工。这个财主十分吝啬,干完活吃饭的时候,财主只叫人给阿凡提拿来一个窝窝头,盛上半碗稀饭来。阿凡提真是又饿又生气。

有一天,财主刚刚叫人把饭端上来,阿凡提便拿了一把锯来。财主莫名其妙地问:"你拿锯干什么?"

"是这样,你看,"阿凡提指着只盛了一半稀饭的碗说,"把这碗的上半截锯下来,别让它空着无用了。"说着,阿凡提把饭一泼,将碗立起来,"哧哧"地锯起来。

财主听了,内心很不舒服,但嘴上没有说什么。从此以后,财主再不敢给阿凡提只盛半碗饭了。

一天,有一个人给财主送来一碗蜂蜜。财主刚刚吃过饭,又有事要急着出去,就吩咐阿凡提说:"阿凡提,刚才有人给我送来一碗毒药,你可要看好,别碰翻了碗,更不要把它吃了!"说完骑上马走了。

财主走后,阿凡提不慌不忙,端过来蜂蜜,又拿来财主吃的油糕,蘸着蜂蜜,有滋有味地吃起来,把一碗蜂蜜吃了个一干二净。然后,阿凡提把财主家的锅碗瓢勺、盆盆罐罐砸了个稀巴烂。砸完之后,躺在财主的软绵绵的

床上，呼呼地睡起大觉来。

财主办完事回来一看，家里被砸得稀巴烂，东西扔得乱七八糟，特别当他发现放蜂蜜的碗变得空空的，气得浑身直打哆嗦。

"快起来，阿凡提！你这个该死的家伙！"财主恶狠狠地叫喊，"你怎么闹的？那碗毒药呢？"

听到财主歇斯底里的喊叫，阿凡提慢吞吞地从床上坐起来，像是得了重病似的，战战兢兢地说："我今天闯了大祸了，不小心打碎了您家的锅碗盆罐。我知道您回来一定会斥责我，让我赔偿。我是个穷光蛋，连老婆孩子都养活不起，哪有钱赔呢？左思右想，还是自己死了好，就把别人送给您的那碗毒药喝下去了。喝完后，我的头有些发晕，就躺在您的床上，等药性发作。"

阿凡提边往外走边说："不行，我得赶快离开您家，不要死了还连累了您。"

阿凡提说着就离开了财主家。吝啬又狠毒的财主如哑巴吃黄连，有苦难言，气得差点昏死过去。

离奇的判决

古希腊，有个叫普洛太哥拉斯的著名诡辩学者。有一次，他收了一个很有才华的学生叫爱瓦梯尔，两人签订了一个合同。

合同上写明，普洛太哥拉斯向爱瓦梯尔传授法律知识，而爱瓦梯尔需要分两次付清学费，第一次是在开始授业的时候，第二次则在毕业后爱瓦梯尔第一次出庭打官司打赢了的时候。

按照约定，爱瓦梯尔交了第一次学费，然后跟随普洛太哥拉斯学习法律。爱瓦梯尔学习十分认真，进步很快。毕业时，爱瓦梯尔的学习成绩十分出色。

可是，毕业很长时间，爱瓦梯尔总不交第二次的学费。普洛太哥拉斯老师耐心地等了再等，最后失去了耐心，准备到法庭去告爱瓦梯尔。

爱瓦梯尔知道后对普洛太哥拉斯说：

"只要你去法庭告我，我就可以不给你钱了，因为如果我官司打赢了，依照法庭的判决，我当然就不会把钱给输了的人，而如果我官司打败了，依照我们的合同，由于第一次出庭败诉，我也不能把钱给你。因此，不论我在这场官司中打输还是打赢，我都不可能把钱给你。我看你还是不要起诉吧。"

普洛太哥拉斯听了后，他也有自己的打算，他说："只要我和你一打官司，你就一定要把第二次学费付给我。因为，如果我这次官司打胜了，依照法庭的判决，你理所当然地要付学费给我；如果我官司打败了，你当然也要付学费给我，我们当初的合同上是这样写的，你第一次出庭胜诉，就要交第二次的学费。所以，不论我官司胜诉还是败诉，你总要向我交第二次的学费。"

两个人都带着自己必胜的心理走进了法庭。

一个十分著名的法官主持了这次审判，据说这个法官曾审理过许多复杂、疑难的案子。这次，法官听了他俩的诉讼，看过他俩的合同，思索了一会儿，便当众宣读了他的判决：

"此案判决的依据是你们当初签订的合同，根据你俩的合同，爱瓦梯尔不应付学费，因为在此之前，爱瓦梯尔还没有胜诉过。因此，判决爱瓦梯尔不付第二次的学费。"

败诉的普洛太哥拉斯脸上没有什么变化，不动声色地坐在那里。爱瓦梯

尔的官司打赢了，情不自禁地高声说："真是公正、聪明的法官。"

他走到老师普洛太哥拉斯面前，以胜利者的口气说："我向您说过，如果我打赢了，我是不会把钱交给输了的人的，您看，现在……"

爱瓦梯尔还沉浸在胜利之中时，法官又要大家静坐下来，高声宣读了第二次判决：

"……判决爱瓦梯尔把第二次学费如数交给老师普洛太哥拉斯，因为爱瓦梯尔在此法庭第一次出庭已经获胜，第一次胜诉就要交纳第二次的学费，这是两人签订的合同上写着的，法庭当然要保护合同的法律性，做出公正的判决"。

听到这里，普洛太哥拉斯的脸上露出了久违的笑容，他向法官轻轻地点点头。刚刚获胜的爱瓦梯尔，转眼间又成了失败者，刚才他脸上那得意的神色不知何时已经消失不见了。

明察秋毫——断案智慧故事

智断盗窃案

很久以前，一天傍晚时分，一个小商贩用一根竹竿领着一个盲人来到县城里一家偏僻而简陋的小客店里投宿。小商贩和盲人似乎相识，两人边进店边进行着你一言我一语的交谈。

一夜无事，第二天清早，小商贩起来收拾东西准备上路，一看钱褡子，便惊叫起来，高声叫道他放在钱褡子里的五千个铜钱不见了，并说那五千个铜钱是他做生意的本钱，是他全部的积蓄。

听到叫喊，有几个旅客围上来询问，客店里的几个伙计也帮着这个小商贩四处搜查。最后发现那个盲人的包裹里鼓鼓囊囊地装满了铜钱，沉甸甸的，足有五千个。大家怀疑盲人偷窃了商贩的钱财。

盲人辩解说："这钱是我外出算命占卦，用了半年多的时间才积攒起来的。我挣点钱是不容易的，请不要冤枉一个无辜的双目失明的人。"

盲人的话引起了大家的同情。但是找来找去，都没有找到别的值得怀疑的线索，因此，大家只好让盲人和小商贩到县衙去弄个水落石出。

来到县衙，县官立即升堂审讯。在听了商贩的描述后，县官问小商贩："你确实有五千铜钱吗？你没弄错？"

"大人，这千真万确，那五千铜钱是我的本钱，绝对不会弄错的。"

"你的钱上有没有特别记号？"

"没有，大人。"小商贩说，"这是天天要用的东西，没想到还要为它去打官司，又怎么会去想到做记号呢？"

县官一听，觉得小商贩的话有一定的道理，于是微微点头，转脸又问盲人："你的钱有记号吗？"

盲人说："大人，我的钱有记号。我的铜钱都是正面对正面，背面对背面穿起来的。"

县官不觉一愣，心想，这个盲人倒是很精明。他叫人把铜钱拿过来验证，果然像盲人所说的那样，铜钱正面对正面，背面对背面。

县官想了想，又追问盲人："你这些铜钱一直是这么放的吗？"

"是的，老爷。一直是这么放的。"

县官暗自想，这是一夜之间发生的事情，假设真是瞎子偷了铜钱，并且面对面、背对背地穿起来，一定会留下痕迹。想到这里，他厉声对盲人说："你把手伸出来。"

盲人一愣，一时没反应过来，不知县官是什么用意。他迟迟疑疑地伸出双手。县官以及大堂上的人都看得清清楚楚，盲人两手沾满了青黑色的铜锈。这显然是他用手摸索了一夜把铜钱穿成面对面，背对背留下的证据。

事情至此已经很清楚了，面对铁证，盲人承认了昨晚偷窃了商贩的五千铜钱，并连夜将它们串起来的事实。

县官命令衙役将盲人打二十大板，以示惩罚。那五千铜钱物归原主，交

还给那个小商贩，小商贩千恩万谢拿着失而复得的五千铜钱离开了。

拾到的不是你的

从前，有一天，某地一个以砍柴为生的人在山上砍了两捆柴禾，正吃力地担着往家走，看见路旁有一个鼓鼓囊囊的钱袋子。他捡起钱袋子，打开一看，里面装着白花花的十五两银子。

他往四周看了看，没有发现一个人，他便担起柴禾，赶回家去。一进家门，放下柴禾就高兴地拿出银子给卧病在床的老母亲看。

老母亲看后说："孩子，这钱咱不能要，自己挣来的钱才是自己的，花起来心里才踏实，不能贪图意外之财。你快把这银子还给人家去！"

听了老母亲的话，老实的砍柴人立即赶回刚才捡银子的地方，等候失主来认领。

没过多久，有个人急匆匆赶来，那是一个面容瘦削、眼神闪烁的商人。砍柴人简单问明情况，当面把银子还给了他。

接过钱袋子，商人满脸堆笑，点头哈腰，连声说"谢谢，谢谢"。可当他把钱袋子里的银子数了数后，眼珠转了转，脸上神色一变，厉声说："我的银子怎么少了十五两？钱袋子里原来装的是三十两，现在只剩十五两了，你把另一半弄哪儿去了？"

一听这话，老实的砍柴人气得手都有些颤抖，指着商人的鼻子说："我好心好意来送还你，你倒说我拿了你的钱，不识好歹！"

商人不依不饶，拖着腔调高声说："不是你拿了我的那一半银子，难道它还能自个长腿跑了？"

两个人你一言，我一语，吵了起来，两人争执不下，只好来到县衙请县令判决。

县令办事公道，素来以善断疑案闻名，一直受到老百姓的称赞。

"你把事情的经过如实地讲来，不得有任何隐瞒。"县令对砍柴人说道。

砍柴人把事情的前后经过讲了一遍，最后加重语气说："钱包里就只有十五两银子，我分文没动。"

"面对白花花的银子，难道你就没想到用这些银子置办些东西？"县官听后，问道。

"我家里有妻子儿女，还有卧病在床的老母亲，捡到这么些银子，我也动过心，想自己用，但是我老母亲及时教育了我，叫我不要贪图意外之财，还让我把它送还原主。"

"你把这事告诉你妻子儿女了吗？"县官问。

"没有。他们还不知道这件事。"

"你真的分文没动？"县官厉声问道。

"老爷，我真的分文没动。如果我拿了分文，说了半句假话，我愿接受任何惩罚！"

"你有什么说的？"县令又问商人。

"老爷，这人说的全是假的，我确实少了十五两银子，一定是他拿的。"商人说道。

"你有什么证据？"

商人被问得一愣，随后接着说："老爷，我钱包里装的是三十两银子，一钱不差。人没有不贪财的，更何况他是个穷人呢，一定是他见钱眼开，拿走了十五两。请老爷明断。"

"你确定你没记错，也没说谎？你丢的真是三十两？"

"老爷，我记得清清楚楚，是三十两；在老爷面前，我不敢说半句假话。"

"双方都担保自己没说假话，又都没有证据。"县令边说边轻轻点头，像是在思索如何做出判断，"尽管这样，这场官司也不难断清。"

说完，县令顿了顿，然后微微一笑，对砍柴人说："砍柴人，你说的顺情顺理，不容置疑。还有，假如你真的是个贪心的人，为什么藏起一半银子而不留下所有的银子，这样别人也无从知晓。既然能主动出来寻找失主，说明你没有撒谎，你没有动那些银子。"

县令又对商人说。"至于你这个生意人，经多见广，知道行骗讹诈、弄虚作假会受到惩罚。由此可断定，你们两个人说的都是实话。"

说到这里，县令站起身来，提高声音道："现在，对此案，本县令判决如下：这个砍柴人捡的钱袋子装了十五两银子，不是商人丢的那个装着三十两银子的钱袋子。这个钱归砍柴人所有，可以用这十五两银子奉养你的老母亲和妻子儿女。如果你能碰巧再捡到一个放有三十两银子的钱包，就送给这位商人。你这位诚实商人呢，就回去耐心地等着吧。"

那个狡诈歹毒的商人听完宣判结果，目瞪口呆，一屁股坐在大堂上。

"神钟"破案

北宋时期，蒲城县的县令陈述古刚到任不久，县里就发生了一起盗窃案。被盗人家里的几件贵重东西被偷走了。当时抓了一批嫌疑犯，但一连审问了几次，毫无结果。

陈述古不免有些为难：把嫌疑犯都押起来，显然是不合适的；都放掉，

但是盗贼真的在里面呢，放跑了盗贼，会被人看作无能，怎样才能把真正的盗贼找出来呢？

一天夜里，陈述古还在琢磨这件棘手的案子，他坐在灯下翻阅有关的材料，苦苦地思索。这时，寺庙里的钟声传来，悠扬的钟声使陈述古猛然想出了一个将盗贼找出来的好办法。

几天后，陈述古向属下官员说："最近在县南边的灵山寺里发现了一口'神钟'，这口钟能辨别盗贼，而且非常灵验。我已经派人将那口'神钟'运到蒲城，悬挂在衙门后面的阁楼里，天天让人焚香点烛，供上果品祭拜。"

在陈述古安排下，这事很快传到了嫌疑犯们的耳中，他们不知"神钟"怎样辨别盗贼，都产生了一种莫名其妙的惊慌。

这一天，陈述古吩咐把所有嫌疑犯带进阁楼。他带领官员们在"神钟"面前恭恭敬敬地摆上供品，烧香叩头，然后对嫌疑犯们说："这口钟十分灵验，没偷东西的人摸它，不会发出声音；偷过东西的人只要手一碰到它，就会发出嗡嗡的声响。你们现在都说自己是冤枉的，那好，我只好请'神钟'来辨别了。"

说完，陈述古让所有嫌疑人都退出阁楼，叫狱吏把"神钟"用帷帐围起来。陈述古偷偷地叫几个狱吏钻进帷帐，在钟身上布下了破案的标记。

过了一会儿，陈述古亲自监视，把嫌疑犯逐个带进黑洞洞的帷帐里，让他们伸手去摸钟，摸过后，让他们都挤在阁楼的一个黑暗角落里。

十几个嫌疑人都按照吩咐进入帷帐里，摸过了，"神钟"竟没有发出一点声音。官吏们默不作声，失望地看着陈述古。嫌疑犯们在暗处静静地站着，也都看事态怎么发展。

陈述古叫嫌疑犯都走出阁楼，然后突然说："把你们的手都伸出来。"

嫌疑人先是一愣，接着毫不在意地把手伸到面前。陈述古逐个检查，发

现他们中只有一个人的手指是干净的，其余的全涂上了墨炭。陈述古指着手指干净的人说："窃贼就是你！你还想狡辩吗？"

经过审问，那人果然就是盗贼。官吏们都十分惊奇，纷纷问陈述古是怎么找到这个盗贼的。

原来，陈述古暗中派狱吏将钟身上涂满了墨炭，他料想，盗贼做贼心虚，唯恐手摸到钟后发出声音，所以一定只做了个摸的样子，而不敢让手触到钟，所以手指上一点儿墨炭也没沾上，据此找到盗贼。

死后抓刺客

战国时期，各诸侯国征伐不已，连年战争。在这期间，涌现出众多英雄人物，苏秦就是其中赫赫有名的一位。

苏秦，河南洛阳人，出身农家，素有大志，曾跟随当时的传奇人物鬼谷子学习纵横捭阖之术多年。苏秦读书刻苦，尤其热衷于对兵法的研究。有时候读书读到深夜，昏昏欲睡，他便用锥子刺自己的腿，痛得浑身一哆嗦，把睡神赶走，然后继续读书。

多年的苦读，造就了苏秦博学多识、分辨是非、口才绝伦的能力，他针对当前各国现状，大胆地提出"合纵"的主张。

所谓"合纵"，也就是秦国之外的六国应当联合起来，共同抵御秦国的侵略、蚕食。他的这个主张得到了六国的认可和支持。

游说六国期间，苏秦先奉燕昭王之命入齐，从事反间活动，使齐疲于对外战争。后来，齐宣王时期，苏秦又凭着三寸不烂之舌，当上了齐国的上卿。

一时间，苏秦成了名扬四海的人物。这引起了许多士大夫的嫉妒、仇视。在齐国时，苏秦突然被人刺伤了。

齐王听说苏秦遇刺，急忙赶来探视。他看到苏秦脸色蜡黄，呼吸困难，很气愤地说："什么人干的？我非抓到那个刺客不可！太可恶了！"

苏秦的伤势很重，已经到了危及生命的地步了。他用失去神采的眼睛看着齐王，喘了一会儿，说："大王不要乱杀人，要抓到真正的刺客。"

"先生，您知道谁是刺客吗？怎样才能抓到真正的刺客呢？"齐王急急地问，他内心确实想要抓到这个刺客为苏秦报仇。

"大王您对我的信任和关心，让我感激不尽。您信任、重用我，而有人要暗中行刺，这说明是对您的威胁、对抗。"苏秦有气无力地说。齐王边听边点头。

"其实，要找到真正的刺客并不难。"苏秦吃力地凑近齐王的耳朵，声音低弱地说，"我快不行了，但我可以在死后帮助您抓到刺客。这样，我死后，您可宣布我是燕国派来扰乱齐国的间谍，并将我五马分尸，这样，那个刺客就会自己跑出来。"

齐王一边听着，一边频频点头。没过多长时间，苏秦伤重离世。他死后，齐王马上宣布苏秦是燕国派来扰乱齐国内政的间谍，现在被刺死了，死有余辜。为解心头之恨，齐王还命人将苏秦的尸体五马分尸。

此事过后，有一天，有一个人自动跑来，说苏秦是他刺杀的，请齐王赏赐。齐王核实情况后，把这人推出去砍了头，算是为苏秦报仇了。

孩子是谁的

很早以前，有一个大户人家，兄弟二人住在一个深宅大院里。原先和和

睦睦，亲亲热热。后来，不知道是兄弟哪一家添了一个男孩儿，反而又骂又打，闹得不可开交了。

长嫂说孩子是她的，从生下来就没离开过她的怀抱；弟媳就说是她生的，叫狠心的嫂子给夺去了。

那个时候，有钱人家的女人大都是不出深宅大院的，因此，外人也不清楚这孩子到底应该是谁的。再说，有的人虽然知道些，但也不愿意多管富人家的这些闲事。

兄弟两家继续争吵，闹了三年多，闹得满城风雨，也没个结果。

后来，郡守黄霸知道了这件事。他想了想，叫人在大堂的地上画了个圆圈，然后派人把那个男孩抱来放在圈内。命令那两个妇女去争着拖那个孩子，谁拖出圈外孩子就归谁。

黄霸刚把话说完，两个妇女同时跑进圈里，拽着孩子争着往外拖。孩子被拖得尖声惨叫。两个人相持了一会儿，长嫂用力很猛，弟媳唯恐弄伤了孩子，只好把手松开了，眼泪扑簌簌地落下来。长嫂趁势一下子把孩子拖出圈，搂在自己怀里，两眼蔑视地看着弟媳。

黄霸看在眼里，内心已经知道了这个孩子是谁的了。他对长嫂厉声呵斥道："这孩子不是你的，你把孩子还给人家！"

长嫂吓得不由自主地缩回双手，嘴张了两张，一句话也没说出来。

别的官员如蒙在鼓里，一时还没弄明白郡守怎么会做出这样的判断。黄霸继续大声斥责长嫂道："你为了贪占家产，一心只想抢到孩子，哪里还考虑到会不会弄伤孩子？你没有丝毫做母亲的心肠，孩子哭得那么可怜，你还不管不顾地向外扯，一点也不知道心疼这孩子，这孩子怎么能是你亲生骨肉呢！"

众人一听恍然大悟，长嫂不得不低头承认自己的罪过。弟媳高高兴兴地

把孩子抱走了。

张齐贤分家

北宋宋太宗赵光义统治时期，朝中有一位大臣死了。按照他的遗嘱，家产由两个儿子平分。

分家产时，大臣的两个儿子的舅舅、姑姑、姨母都到齐了，大家共同商量分家的事。他们计算来，计算去，费了好大的劲，总算把家产平均分开了。

可是，分开没有几天，哥哥老是怀疑舅舅偏向弟弟，把值钱的东西都给弟弟了；弟弟又总是怀疑姑姑、姨母袒护哥哥，哥哥分的那一份多。总之，弟兄俩都觉得自己分的那份少，吃了亏。两个人找个借口就争吵起来，闹得不可开交。

后来，两个人都写了状子，将对方告到了官府。官府大人判决不下，又将状子往上送，最后惊动了太宗赵光义。

赵光义一看，是死去的大臣的两个儿子的事，很快就下了圣旨，叫宰相张齐贤亲手办理这个案子。

宰相张齐贤想："把两份东西合起来再重新分，分好后，他俩还会说自己分的那份少，还会找借口闹事，这该怎么办呢？"

几天后，张齐贤有了主意。一天，张齐贤派人将兄弟二人一起押到大堂上来。

张齐贤先问哥哥："你认为你分的那份少，你弟弟分的那份多吗？"

"是，一点不错。"

张齐贤又问弟弟："你认为哥哥分的那份多，你分的那份少吗？"

"是，一点也不错。"

"圣旨在此，如果查明你俩谁说谎，就有欺君之罪，要严加惩办！"张齐贤厉声说道。

"请老爷相信，完全属实！"兄弟二人几乎同时这样说。

"既然这样，你俩画押！"张齐贤命令说。

于是，兄弟二人上前去认真地画了押。

见兄弟画好了押，张齐贤当即判决说："既然哥哥说弟弟分多了，弟弟又说哥哥分多了，那就对换一下。哥哥到弟弟家去住，弟弟到哥哥家去住，再把分家的契约交换过来，就行了。"

说完，张齐贤命令手下官吏当即办好了交换手续。兄弟二人，你看看我，我看看你，无话可说了。

公正的判决

巴格达是伊斯兰世界历史文化名城，巴格达这个名称来自波斯语，含义为"神的赠赐"。很久以前的一天，巴格达市的法庭里来了两个吵吵嚷嚷的人，一个叫哈桑，一个叫萨曼，他俩为分钱争执不下，来到法庭要求法官做出公正的裁判。

哈桑和萨曼分钱的争执是这样开始的：哈桑和萨曼骑着毛驴一块出来旅行。这天中午，天气炎热，再加上一路上的确也走得有些累了，他俩就在一棵大树下停下来，把毯子铺在地上，准备用过午餐，休息休息再走。

哈桑把自己鞍袋里仅有的 5 个面包都拿出来，放在毯子上；萨曼的鞍袋

里也有 5 个面包，可他存有私心，没有全拿出来，只拿出了 3 个。

两个人正要开始吃，有个商人从路上走了过来。商人向哈桑和萨曼鞠躬说："先生们好！我也是赶远路的，带的食物吃光了，我想参加你们的午餐，你们不会拒绝吧？我付给你们钱。"

哈桑同情地看看商人，对萨曼说："咱俩有 8 个面包，足够咱们三个吃一顿的，就让他和我们一块吃吧。"

萨曼先是很不开心地皱起眉头，一听说给钱，又满脸堆笑地表示同意了。

他们三个人把 8 个面包平均分成 3 份，很快，每人吃完了自己的那一份。

"非常感谢二位先生的好意，我这里有 8 个银币，请收下。"商人很恭敬地说，然后从腰包里掏出银币，放在毯子上，又急急忙忙上路了。

商人走后，哈桑和萨曼商量怎样分这 8 个银币。

哈桑直率地说："我拿了 5 个面包，你拿出了 3 个，8 个面包 8 个银币，正好我分得 5 个，你分得 3 个。"

看着闪闪发光的银币，萨曼早已想收入囊中。而哈桑却想只分给他 3 个，他哪里肯答应。他说："商人吃的是你我两个人的面包，银币分得有多有少不公平！"

"你说应该怎么分？"哈桑问。

"商人吃的是你我两个人的面包，当然要平均分啊，每人 4 个银币。"

"可是我拿出的面包比你的多。"哈桑有些生气。

"反正商人吃的是你我两人的东西，钱就得平均分。"萨曼已显出气势汹汹的样子。

两个人互不相让，争吵不休，最后来到了法庭，请求法官给出公正的判决。

法官听过之后，想了想说："公平合理的分法，哈桑应该得 7 个银币，萨曼只应该得 1 个。"

"我只能得 1 个银币？这是什么公正的判决？"萨曼又急又气，脸色都变白了。"你的裁判应该公正无私！"

"我的裁判当然公正无私！"法官十分严肃地说，"你们总共 8 个面包，平均分成了 3 份，每份是 8/3 个。那个商人吃了 8/3 个面包，付了 8 个银币，算起来，每 1/2 个面包值 1 个银币。对吧？"

见萨曼点头应是，法官继续说道："你拿出了 3 个面包，自己吃掉了 8/3 个，商人只吃了你 1/3 个面包，正合 1 个银币，当然应该给你 1 个银币了。哈桑分给你 3 个，你还不满足，可见你贪婪之极。现在我问你，我的判决不公正吗？"

萨曼一听，顿时像泄了气的气球一样，迅速低下了头，一言不发。

将计就计治官绅

2000 多年前的战国时期，魏国国君魏文侯派西门豹去治理邺城。邺城就是现在河北省的临漳县，奔腾不息的漳河流经这里。

西门豹到了邺城一看，房屋倒塌，土地荒芜，一片凄凉景象。邺城本来应该是个富饶之地，可现在如此衰败，实在大大出乎西门豹想象。西门豹心里十分不解，他找来一些老乡一打听，才知道原来是让"河伯娶妻"给闹的。

所谓"河伯娶妻"，是指那些巫婆、官绅，每年要给漳河里的神——河伯，娶一个漂亮的媳妇，不然，河伯就要大发雷霆，发大水淹没庄稼，冲坏

房屋。

每年春天，巫婆看到谁家的姑娘漂亮，就说："这个女子应该当河伯的媳妇。"如果这个人家能拿出许多钱，就可以用钱买通操办此事的官绅。没钱人家只有眼睁睁看着孩子被拉走。

到了"河伯娶妻"这天，他们在漳河边摆上帷帐床席，给女孩子换上衣服，打扮一番，然后让她坐在苇席编的船上，随着河水漂流而下，过不多久，苇船和人慢慢地就一块沉到水底去了。

年年如此。老百姓的钱财不知道被这些官绅和巫婆勒索多少去，也不知有多少女孩子白白送了命。无助的老百姓被闹得惶惶不安，纷纷逃往外地。

了解到这个情况，西门豹想："要治理好邺，必须把'河伯娶妻'这件事彻底破除。可是，用什么办法破除呢？"

想来想去，他想出了一个将计就计的妙方。

这一年"河伯娶妻"的日子又到了。一个老巫婆站在最前面，身后跟着十几个手捧毛巾、衣服的小巫婆，簇拥着一个穿红挂绿的姑娘。几个官绅很神气地站在巫婆一旁观看。

在老巫婆的指挥下，一伙人正要把那个姑娘架到苇席船上去时，西门豹带着卫士赶来了，说是要亲自来送送新娘子。

西门豹看看四周的老百姓，又扫了一眼巫婆和官绅，说："把给河伯选的漂亮的媳妇叫过来，让我看看到底合不合意。"

老巫婆叫徒弟把那个打扮好的姑娘领了过来。

西门豹一看，那女孩子面容憔悴，满脸泪痕，就恼怒地对巫婆说："你们怎么选这么个面容丑陋的人送给河伯当夫人呢？河伯不会满意的！麻烦巫婆去跟河伯说一声，就说太守西门豹要另外选个漂亮的女娃，过几天再送去。"

说完，西门豹就叫卫士把那个老巫婆投进漳河里。只见，老巫婆在河里扑通了几下，就沉下去了。

西门豹煞有介事地站在那里，好像真的在等待巫婆的回音。

过了一会儿，西门豹说："老巫婆年纪大了，办起事情来慢慢腾腾的，去这么长时间还不回来，再找个徒弟去催一催。"

西门豹让卫士把一个小巫婆丢进河里。小巫婆也很快沉进了水里。

一老一少，两个巫婆都有去无回。西门豹对一个官绅说："去的两个都是女的，不会办事，还是麻烦你走一趟，看看河伯到底是什么意思。"

说完，让卫士把一个官绅扔进河里。这个官绅同样也沉进水里。

漳河水夹着泥沙，卷着漩涡，向下奔流。西门豹微皱眉头，面对滔滔的河水，好像在焦急地盼望他们带回来消息。

又过了一会儿，西门豹说："怎么他们还不回来送个信？谁再去催一催？"

一听这话，那些小巫婆和官绅吓得忙跪在地上求饶。

西门豹十分严肃地说道："河水一天到晚地流淌，哪里有什么河伯！你们用'河伯娶妻'的名义，敲诈勒索，鱼肉百姓，这里让你们弄得民不聊生。老巫婆他们已经死了，以后有谁再给河伯娶妻，就叫他当媒人，先去给河伯送信。"

那些小巫婆和官绅忙齐声说再也不敢了，跪在地上磕头不止。

从此以后，河伯再也不娶妻了，"河伯娶妻"的闹剧销声匿迹了。邺城的老百姓安居乐业，逃离的老百姓也陆续回到了邺城，邺城逐渐恢复繁荣景象。

孙亮智破陷害案

三国时期，吴国开国君主吴大帝孙权有个儿子叫孙亮，孙亮自幼聪慧过

人。他十三岁时就继承了父亲孙权的王位，当了吴国的皇帝。

有一次，孙亮带领手下大臣到苑林去打猎。休息的时候，侍从端上淡黄色的生梅，给大家解渴消热。生梅香甜中含有淡淡的酸味，清凉爽口，是孙亮很爱吃的。吃着生梅，他又想吃蜜渍梅，就叫内侍到库里去取蜂蜜。

内侍取来蜂蜜后，孙亮接过一看，里面竟有一些老鼠屎。他十分恼火，厉声质问内侍，是怎么搞的。

内侍被这意外情况吓得一下子跪倒在地，战战兢兢地说，从库里取出来就是这样的。

孙亮又让人叫来管仓库的官员，进行审问。管仓库的官员禀告说："蜂蜜盖得严严实实，老鼠不会屙进屎去。拿给内侍时，蜂蜜里干干净净，并没有老鼠屎。"

"不是老鼠屙进去的，难道是凭空长出来的吗？"内侍气势汹汹地反驳说，"分明是你平日管理不善，让老鼠糟蹋了。现在事情暴露了，却想推个干净！"

听着他俩的争辩，锐敏的孙亮思忖片刻，突然问管理仓库的官员："内侍从前向你要过蜜吗？"

"要过，但我不敢给他。"

孙亮又转脸逼问内侍："那恐怕是你放进去的吧？"

内侍一听，连声叫苦："真的不是我放进去的，奴才实在不敢！"

这时，一旁的两位大臣，悄声对孙亮说："陛下，他俩说法不一，又没有第三个人做证，怕一时很难判清，还是交给狱吏去处理吧。"

孙亮看看管理仓库的官员，又看看内侍，很有把握地说："简单，这很容易弄清楚。"

说完，孙亮当即命人把老鼠屎从蜜里捞出来，掰开一看，孙亮笑了，

说："这分明是内侍以前向官吏要蜜，官吏不给，便怀恨在心，想借机陷害官吏。"

一旁的大臣困惑不解，不知道年幼的皇帝怎么会做出这样的判断。

孙亮说："这很简单，假如老鼠屎早就掉进蜂蜜里，应该被蜂蜜浸透了，里外应该都是湿的。现在是外皮湿，而内里干，可见放进去的时间并不长。所以，可以断定是内侍搞的鬼，他趁这次取蜜的时候把老鼠屎放进去的。"

内侍见年幼的皇帝分析得头头是道，知道事情败露，连连扣头求饶，而大臣们都用钦佩的目光看着孙亮。

御史巧用诬告人

李靖是隋末唐初著名的将领。他善于用兵，长于谋略，文武兼备。他在岐州当刺史的时候，有个人为了博得皇帝的宠爱，控告他有野心，准备聚兵造反。

唐高祖李渊得知这一情况后，非常重视，他立即命令一个御史前去调查，并对御史说："如果查明李靖真的要阴谋造反，可以当场处决。"

这个御史为人正直，他知道李靖奉公守法，体贴百姓，不可能有图谋造反的野心。说他要造反，肯定是诬告、陷害。可是，怎么才能把这件事弄个水落石出，真假分明呢？

御史思前想后，最后想出了一个好办法。他请求和那个控告人一块去办这个案子，唐高祖李渊答应了他的要求。

于是，御史领了圣旨，和那个控告人一起直奔岐州，调查此事。

走了几百里地，管行李事务的随从当着那个控告人的面，禀告御史，他

把控告人原来写的状子弄丢了。

御史十分生气，他大发脾气，用鞭子狠狠地抽打那个随从。随从惊恐万状，只顾磕头求饶："把状子丢了，小人罪该万死！请大人饶命！请大人饶命！"叫得很是凄惨、悲哀。

看着随从那个可怜样子，御史显出不忍心的样子，他叹了口气，对那个控告人说："李靖谋反事实很清楚。我们奉圣旨去查办，谁能想到，随从把状子给丢了，这是要掉脑袋的。我们俩办不成此事，也有和李靖勾结的嫌疑，怎么办呢？我们将会因此受到严厉的惩罚。"

那个控告人本无心管这事，但现在一听，觉得有些不妙，忙问御史怎么办才好。

御史又摇头又叹气，表示事情非常棘手。踌躇了半天，他说："要想我们都不受连累，也救随从一命，我看只有一个办法，你再重新写一张状子，全当没丢失，这事天知、地知、你知、我知，其他人谁也不知道，然后我们还是照常去查办。"

那个控告人想了想，可能除了这个办法，也再没第二个好法了，就重写了一张状子给了御史。

控告人哪里知道，这是御史和随从定的一计，假装随从把状子丢了，实际上并没有丢，状子就藏在御史的衣袖里。

等控告人写好第二份状子递上来时，御史拿出原先的状子和新写的状子一对照，发现内容很不相同。御史立即返回京城，向唐高祖李渊报告了这个情况。

李渊一时之间闹不清这里面有什么文章。御史说："如果李靖造反真有其事，控告人不管在什么时间，在什么地方，也不管是在什么情况下，写出的状子应该是一致的，可现在出入很大，有些地方甚至是牛头不对马嘴，前

后严重矛盾，这说明是控告人状告李靖谋反完全是凭空捏造的。"

李渊闻听言之有理，他下令立即对控告人进行审讯。经审讯知道，果然是控告人捏造事实，进行诬陷。李渊十分愤怒，他下令把那个控告人判为诬告陷害罪，推出去斩首示众。

见水分离的书信

唐天授元年（690年），六十七岁的武则天登上皇帝宝座，改国号为周，改元天授，历史上将武则天的周朝叫作武周。

武则天刚刚登基，刺史徐敬业和诗人骆宾王几个人反对武则天临朝，在扬州起兵讨伐。武则天派兵击溃讨伐军。徐敬业当时被杀死，骆宾王被俘虏投进了监狱。

在这种形势下，好多人主动向武则天告发密谋造反的人，并取得了女皇的信任，有的告密之人还因此加官晋爵。

湖州府有一个小官吏叫江琛，他想趁这个机会捞点油水，升官晋爵。他设法偷取了刺史斐光写的一封书信，把上面的字一个个剪下来，很费劲地拼成另外一篇文书，伪称是斐光写给徐敬业的一封谋反的书信，告到朝廷那里。

朝廷十分重视此事，马上派了一名御史审理此案。在审讯中，斐光很坦然地承认："字是我斐光的字，但话却不是我斐光的话。"

除了这封有谋反嫌疑的文书外，御史没有再找到别的谋反证据。前后换了三个人审理此案，都得到同样一个结果。

武则天很不满意，对密谋造反的人，她是恨之入骨的，同时，也是很害

45

怕的，因此她很想赶尽杀绝，但又不能无故杀人。有人推荐了善于断案的张楚金，于是，武则天便命令张楚金继续审理此案，让他非得弄个水落石出不可。

张楚金审讯了几次，和前面几个人审讯的结果一样，获得的口供就这一句："字是我斐光的字，但话却不是我斐光的话。"

张楚金非常清楚这个案子的分量，但又一时审理不清，他感到烦闷、忧虑。这一天，他仰卧在窗下，阳光透过西窗，照在床上，也照在张楚金写满忧愁的脸上。他眯细了双眼，反复地思索：

"这个案件怎么如此奇怪，字是他的字，话却不是他的话。这是什么意思呢？是他知道图谋不轨有杀身之罪而不敢承认？可他又承认字是他的字。"张楚金转念一想，"难道是这封信有假？但假在何处呢……难道这信是斐光拼凑起来的？"

想到这里，张楚金取出那封谋反书，对着阳光透视，果然发现反书上的字是一个个拼在一起的。

事情很清楚了，真相大白了，可是怎样当众戳穿呢？张楚金想出了一个办法。他召集州府的官吏，命令差役抬来一缸水，放在大堂上，然后叫江琛亲手把那封谋反书投入水中。

官吏们包括那个愚蠢的江琛不知道张楚金此举是什么意思，就都围到缸边观看，只见那封信很快被水浸透了，慢慢地一个字一个字地分离开来。

事情至此，已经很明显了，已经不需要张楚金再说什么了，江琛当场瘫倒在地，随后被押入大狱。

包拯断牛舌案

包拯是北宋著名的清官，因办案不畏权贵，不徇私情，清正廉洁，人们

称赞他是"包青天"。他在扬州天长县当县令时，曾处理过这样一个案子。

这天，有个农民来向他告状，说他家耕牛的舌头被人割掉了。牛没了舌头，无法吃草。

北宋时期，为了保护农业，法令严禁屠杀耕牛，谁要把耕牛杀了，就是犯了法，是要抓起问罪的。农民自己也把耕牛看作宝贝，农田里的活都要靠牛来耕种呢。

"割牛舌头干什么？是谁割了牛舌头呢？"包拯觉得这事有些离奇，在心里反复琢磨着。

他问告状的农民："你到县里来告状，别人知道吗？"

"不知道。"农民答道。

"你的邻居知道你家的耕牛的舌头被割去了吗？"

"应该不知道，出了事之后，我没嚷嚷，邻居们还不知道。"

"哦，这样，好！"听到这里，包拯想出一个破案的办法。他轻声地嘱咐农民："你回去偷偷地把牛杀了，把肉卖出去。把肉卖出去，这事就保不住密了，但你不要声张，我定会查个水落石出。"

农民回到家后，遵照包拯的话把那头耕牛杀了，并把肉都卖了出去。就在当天，有个人跑到县衙告发那个农民私宰耕牛。

包拯看着那个告状人，问道："那个人私宰耕牛，你可曾亲眼看到了？"

"我亲眼见到的，我还买了他二斤牛肉呢。"告状人说完，从一个小包袱里拿出紫红的一块牛肉，举给包拯看。"包老爷，私宰耕牛，这是大罪，应该严加惩办。"

没想到包拯问了一句："你知道那个人为什么要私宰自己的耕牛吗？"

"我……我怎么能知道？"告状人胆怯地嗫嚅道。

"不要隐瞒了，就是因为你把他家耕牛的舌头割去了。"包拯突然厉声

喝道。

告状人猛地一哆嗦，但很快又镇静下来，连连叩头，连连喊冤："包老爷，我没割他家的牛舌头，冤枉……我冤枉啊……"

"你这样匆匆忙忙赶来，还特意买下二斤肉作为证据，可见你有备而来，从你割下牛舌头那时候起，你就准备来告这一状。"

包拯眼神犀利，口气严重："你如果从实招来，尚可从轻处罚，如若死不认罪，必依律令严惩！"

包拯的每一句话都戳到告状人心里。他知道，在明察秋毫的包老爷面前抵赖是不明智的，只好低头认罪。他胆怯地说："我和那家有私怨，我想偷偷地把他家的牛舌头割掉，牛不能吃草，只能把牛杀掉，这样就犯了私宰耕牛的罪，我告他一状，他就会进大牢，没想到事情败露了。"

拷打羊皮断案

初夏时节，太阳高悬在天空，虽不十分炎热，但炙烤在脸上，也有些火辣辣的。通往赶集的路上，有两个挑担的人并肩走着。两人中，一个是盐贩子，挑了一担沉甸甸的盐；另一个人是卖柴人，挑了一担柴，两个人都准备赶到集上去卖各自的货物。

本来两个人互不相识，由于一同赶路，便很自然地搭讪起来。两人边谈边走，不知不觉就赶了很长一段路。

两个人都感觉有些累了，见路旁有棵大树，就放下担子，一同坐在树荫下，准备休息一会儿，再继续赶路。

歇息片刻，两人准备起身继续赶路。可是，两个人却为一块羊皮垫子争

吵起来。盐贩子说垫子是他的，卖柴人说垫子是他带来的。两个人越吵越凶，最后险些动起手来。

争吵声引来了在附近地里干活的农民和几个路人。他们围了上来，把那个垫子左看右看，想帮助判别是非。结果，有的人说是盐贩子的，有的人则认为是卖柴人的。争来争去，没有一个结果，最后不得不到雍州府去打官司。

雍州刺史是李惠，他擅长断案。在公堂上，盐贩子先讲了事情的经过，最后强调说："这垫子是我的，我一直用它垫在肩上背盐。"

卖柴人也讲了事情的经过，最后气愤地说："这垫子是我的，我好心好意让他坐着歇歇，他却不识好歹，竟说成是他的。"

听完他俩的申述后，李惠想了想说："把羊皮垫留在这里，你俩先到公堂外面等候。"

两人出去后，李惠问其他官员；"这羊皮应该是谁的？"

大家摇摇头，表示判定不了。

"如果拷打这羊皮，可以查出它的主人吗？"李惠突然问了这么一句。

"什么？拷打羊皮？"几个官员一时间思想没有转过弯来，感到有些愕然，不知道刺史大人这句话是什么意思。

"对，拷打羊皮，羊皮就能供出实情，能够出庭做证。"李惠很有把握地说。

李慧随即叫人把羊皮垫摊在席子上，用木棒狠狠地敲打。在场的人都感到莫名其妙：羊皮又不会说话，拷打它有什么用呢？

敲打了几十大棒后，李惠走过去拎起羊皮垫子，看了看席子上，说："羊皮垫子的主人找到了。"

李慧命令盐贩子和卖柴人进来，问他俩羊皮垫子到底是谁的。两个人仍

然坚持说是自己的，并且口气都很强硬。

李惠指着卖柴人说："你过去，仔细看看席子上是什么东西？"

卖柴人不明就里，他来到席子前一看，顿时浑身发抖，"咕咚"一声跪在地上，连连恳求饶恕。

众人也急忙来到席子前仔细观看，也都恍然大悟，原来，从羊皮垫子里敲打出来的，是一些亮晶晶的盐屑，这就充分证明了羊皮垫子的主人是盐贩子。

李亨审茄案

明朝时期，春末夏初的一天，天刚蒙蒙亮，一位菜农挑着两只空筐往自己的菜地走去。他要将长好的茄子摘下来挑到集市上去卖。想到自己的劳动果实即将换来钱，菜农心里美滋滋的。

菜农正走着，突然看到一个青年挑着满满两筐茄子，从他的菜地里走出来，向集市匆匆赶去。

菜农急忙跑到自己的菜地，一看，大个的茄子都被摘走了，有好几棵茄子秧连枝子也给掰下来。菜农急忙跑着去追赶偷茄子的青年。追上后，他一把抓住吊筐的绳子，质问道："你怎么偷我的茄子？"

那个青年却说："说什么呢？这是我自家的茄子，你怎么说是我偷的？你怎么诬赖好人？"

"我亲眼看到你从我的菜地里出来，而我的茄子没了好多！"菜农气愤地说。

"你看见我从你家菜地里出来，就说我偷了你的茄子，那你怎么不在你的菜地里抓住我？"那个青年显然是在耍无赖。

两个各说各的理，争执不下，互相拉扯着去见县官。

来到大堂上，两人将情形向县令李亨说了一遍。李亨思维敏捷，善于断案。他听完案情后，蛮有把握地说："这茄子是谁的，一看便知。"

他命令衙役把筐里的茄子倒在大堂上，粗粗一看，然后就指着那个青年说："这茄子分明是你偷的，还敢耍赖！"

那个青年仍然坚持说："大人，这茄子确实不是偷的，是我自己的。"

县令李亨笑笑说："不要狡辩，如果这茄子真是你自家种出来的，你怎舍得在茄子刚刚熟的时候，就把小嫩茄子也摘下来去卖？有几个茄子，还是连嫩枝子一块掰下来的。如果是你辛苦种出来的，你断然不会如此。"

此刻，那个青年才露出丝丝心虚胆怯的神色，但仍狡辩道："那是因为天黑，看不清，才把小茄子也撸了下来。"

"好，既然这样！我叫你心服口服！"县令李亨说道，"你把这堆茄子分成大、中、小三等，数数看各有多少。不许数错！数错了，重打四十大板。"

青年不知道这县老爷葫芦里到底卖的是啥药，只能遵照执行。他把茄子按要求分开，数清，然后报告："大茄子八十七，中个的六十三，小的二十四，一共是一百七十四个。"

县令李亨立即派两个衙役和菜农同青年人一块到菜农的茄子地里去数摘掉茄子后留下的蒂把。结果，摘掉茄子留下的蒂把与青年人数的茄子数正相符。

到这个时候，那个青年才无话可说，只好低头认罪了。如若不然，罪加一等，等待他的将是更重的处罚。

汤显祖审无赖案

汤显祖是明万历时期著名文学家、戏曲家，曾先后任太常寺博士、詹事

府主簿和礼部祠祭司主事等职。

汤显祖在任太常寺博士等朝内官之前曾做过浙江遂昌县知县。与遂昌县相邻的龙游县里有个叫卜为仁的商人。卜为仁家里很富有，以长年放高利贷为活。有一回，他的一个经营绸缎布匹的邻居吕豆明，向他借了两千贯钱。借约上写明，用房产、土地作抵押，借期一年，一年期满用本利赎回房产、土地。

吕豆明的买卖做得很顺利，只用八个多月的时间，获得的利润就够还清债务的。这一天，吕豆明到卜为仁家，要求提前还清借债。

"即使提前还，利息也得算一年的。"卜为仁阴沉着脸说。

"可以，是我要求提前还债的，所以这个要求是合理的。"吕豆明显出慷慨大方的样子。他从裤裆里掏出钱，一数，是一千八百贯。他就先还了这一千八百贯，约好第二天交清所欠款的剩余部分，取回借约。

因为只有一夜之隔，又彼此熟悉，所以吕豆明也就没有要求卜为仁写收据，也没有在借据上注明。

第二天，吕豆明拿了钱去取借约时，卜为仁矢口否认昨天还钱的事。

"你说还了我一千八百贯，拿证据来？"卜为仁倒伸出手向吕豆明要证据。

"岂有此理！我亲手还给你的，你难道想赖账吗？"吕豆明气得两手直颤抖。

"空口无凭，哪有付了一千八百贯而不取收据的事？你借的两千贯，我这里可有借据……"

吕豆明一气之下，到龙游县衙去告状。但由于没有凭证，反被判有诬告陷害罪，直到花钱给县官送上礼，才免受处罚。

这个时候，吕豆明真是有口难辩，愤愤不已，但又无可奈何。这时，他

听说遂昌县知县汤显祖是个秉公办事，善断疑案的好官，便即刻前去报案。

汤显祖问明情况后，觉得事关邻县，不便越权审理，要吕豆明回龙游县解决。可吕豆明跪在大堂上，苦苦哀求，就是不肯离去。

汤显祖又经反复查问，深思片刻，答应吕豆明审理此案，并要他暂时住在县中，等候解决。

汤显祖叫来县里差役，说："前天捕来的强盗招认，龙游县灵山村的卜为仁是个窝主，你们去把他捉来，但要想办法不惊动他的家属。"

遵照汤显祖的吩咐，差役悄悄把卜为仁捉到遂昌县。在大堂上，汤显祖厉声审问："捕到的强盗已招认，赃物在你家窝藏着，你要从实招来，否则，与强盗同罪！"

还蒙在鼓里的卜为仁一再申辩，他确实没有窝藏赃物，与强盗也根本不认识。

汤显祖又厉声说道："本官不能只听你信口乱说，我马上派人到你家搜赃，如果没有赃物，你的冤枉自然会消除。你可把你家的主要财物当堂讲明，以便查对。"

卜为仁为了洗清罪责，便把自己家有多少牛羊、布帛、粮油一一说出，最后说还有邻人还给他的一千八百贯钱。

"一千八百贯？"汤显祖听到这儿故作惊讶地说，接着逼问道，"这钱到底是赃物，还是邻人所还？"

"是邻人吕豆明还的，这千真万确，绝对不是什么赃物。"

汤显祖哈哈大笑，说道："这么说你不是窝主，而是个无赖之徒！"说完，汤显祖转身喊道："叫吕豆明出堂对质！"

卜为仁一下子愣住了，继而明白了怎么回事，可事已至此，已经不容他狡辩了，他只好低头认罪。

华盛顿抓小偷

华盛顿全名是乔治·华盛顿，是美国的首任总统，在 1778 年前后，他任美国大陆军总司令，指挥军队打败了英国占领者，使美国获得了独立，华盛顿成了美国人民的骄傲，被尊称为"国父"。

1732 年，华盛顿出生在弗吉尼亚的威特斯摩兰，自小聪慧过人，且乐于助人，是个受周围人喜爱的好孩子。

有一次，华盛顿邻居家的一些衣服、粮食被偷了。华盛顿知道后，从偷的东西、时间等几个方面考虑，他断定这个小偷不会跑出本村。于是，他找到邻居说："鲁斯特大叔，放心吧！我能抓到这个小偷！"

在夜晚到来之前，小华盛顿在村里到处告诉人们晚上他将在村里的广场上讲神话故事。夜晚悄悄到来了，吃过晚饭，村民们齐聚在村里的广场上。那个时候，人们的娱乐活动还十分少，因此，一听说有故事听，都非常感兴趣。

皎洁的月光将清辉洒在广场上，华盛顿用清脆的嗓音讲道，黄蜂是上帝的使者，它的一双亮晶晶的大眼睛，能辨别人间的真伪、善恶，它乘着朦胧的月光飞到人间……讲到这里，他用手往前指着，突然高声喊道："哎！小偷，就是他！就是他！他偷了鲁斯特大叔的东西，黄蜂正在他帽子上打转，要落下了！要落下了！"

许多人都愣了，随即扭着头观看。

做贼心虚的小偷没有反应过来，上了华盛顿的当，他不由自主地伸出手，想把帽子上面的黄蜂赶开——其实，哪里有黄蜂呢！就这样，小偷当场被华盛顿从人群里捉出来。

这时候，村民们才反应过来。通过审问，这个小偷承认了偷窃鲁斯特大叔衣服和粮食的事。这件事令村民们交口称赞华盛顿真是个聪慧过人的孩子，对他更加喜爱了。

没过多久，村里有个人的一头小毛驴叫人偷走了。失主找到华盛顿，希望能从这里得到帮助。

热心的华盛顿和失主一起找了几个地方都没找到被偷的小毛驴。最后两人来到集市上。在集市的牲口市里发现了失主的那头白嘴唇的小黑驴。推测可能是小偷把偷来的驴牵到集上来卖。

失主冲上去解开拴着小毛驴的缰绳，然后抓住自称是小毛驴主人的小偷，一同找来管理集市的警察。

小偷信誓旦旦，说这头驴是他自己家的，喂养多年了，并反说失主是诬赖好人，要警察给予应有的惩罚。

四周围着看的人，有的人觉得无凭无据地就说这驴是偷来的，未免过于武断了。有的人则认为这是他们双方之间的事，谁是谁非很难说，不能做出判断。

这时，站在一旁的小华盛顿，灵机一动，说："不用争辩，这驴到底是谁的，很容易弄清楚。"说着，他突然用两只手捂住驴的两只眼睛，问小偷："你说这小毛驴是你多年喂养的，那么，你说，这驴的两个眼睛哪只眼睛有毛病？"

小偷顿时被问懵了，可他很快又镇静下来，说："左眼。"

华盛顿把捂着左眼的手放下，小毛驴的左眼好好的，一点儿毛病也看不出。

小偷又忙改口，说："我说错了，是右眼有毛病。"

华盛顿又把捂着右眼的手放下，小毛驴的右眼也好好的，也什么毛病都

没有。

这一下，小偷再也不能自圆其说了，低下了头，一言不发。这时，警察上前把他带走了。失主伸开双臂紧紧地抱住小华盛顿，连连说："多亏了你！多亏了你！"

小男孩的妙计

从前有四个人合伙做生意，四人一共有一千个金币，他们将这一千个金币放在一个钱袋里，带在身边，出去买货。

路过一个城市时，正巧有一座大花园百花盛开，非常美丽，四个人都想进去观赏观赏，游览游览。他们把钱袋交给守门的老妇人，托她暂时保管。他们郑重地对老妇人说："必须等我们四个人都到齐，或者我们都同意，你才能把金币交出来。不经我们四个人都同意，不可交给任何一个人。"

"好的，先生，放心好了，放心去游玩吧。我会做到的。"老妇人小心谨慎地把钱收下，并对四人承诺说。

在大花园里，四人尽情地游览、观赏，把个花园逛了个遍。最后找个地方坐下，痛痛快快地吃喝，非常惬意。四人中最年轻的一个说："来吧，让我们在这清澈的流水中洗洗头吧。"

"可是我们没有带梳子。"那个黝黑脸庞的高个子说。

"我们去问问守门老妇人，可能她有梳子。"另一个人提议。

那个脸庞黝黑的高个子主动说："我辛苦一趟吧！"说完，他离开了三个伙伴。他来到门前，对守门的老妇人说："把那个钱袋给我吧。"

"那是不可以的，先生，必须等你们四个都到齐，或者都同意，我才能

给你。这是预先讲好的。"守门的老妇人态度和蔼地说。

当时他的三个伙伴都坐在离门不远的地方，高个子便提高嗓门，转脸对伙伴大声喊道："喂！她不肯给我啊。"

"好心的老妇人，就给他吧。"那三个伙伴以为是高个子借梳子的事，便应声对守门的老妇人喊道。

听了他们的回话，守门的老妇人就把钱袋交给他。那高个子带着钱袋，拐弯抹角走出花园，溜之大吉了。

那三个伙伴等了一阵子不见他借梳子来，就去找守门的老妇人，问道："为什么你不肯借给他梳子？"

"先生，你们说什么呢？什么借梳子？他只向我要钱袋，并没有要梳子。"老妇人感到有些奇怪，但很镇静地说："我是得到你们的同意才给他的。他把钱取走了。"

"什么?!"一听这话，三个人气愤地抓住守门老妇人，嚷道："我们只叫你给他梳子，谁叫你给他钱袋了？"

"他并没有向我要梳子！"守门老妇人辩白道。

三个人不听分辩，连扯带操地要带她去见法官。法官听了他们的陈述后，认为老妇人没有遵守规定，就判守门老妇人赔偿。

守门老妇人好心办了坏事，受了冤枉，还有口难言，气得浑身颤抖。天快黑了，她还坐在大街旁抽泣。

这时一个男孩子路过看见老妇人哭得如此伤心，就走上去问道："老奶奶，你怎么了？出了什么事？"

守门老妇人抬起满是泪痕的脸，目光呆滞地看看孩子，没有言语。男孩子一再追问。老妇人才把事情的前后经过，断断续续地讲了一遍。她一再重复说："他没有问我要梳子……我得到他们同意才把钱给他的……我一个贫

困老太太，哪有那么多钱赔啊，这还要我活吗？……"一边说着，一边眼泪又流下了来。

男孩子想了想说："老奶奶，不要哭了，我有办法。"

"你说什么？孩子，你有什么办法？"守门老妇人精神一振，泪眼里透出喜悦的光。

"这样，你回去对法官说：'当初我们讲好了的，要他们四个人到齐，或他们四个人都同意，我才能给他们钱袋，现在他们只有三个人，我不能给他们，我不能违背预先讲好的条件，必须四个人到齐才行。'"男孩子低低地对老妇人讲。

守门老妇人听了，觉得很有道理，于是抹了抹眼泪，振作精神，又来到法官那里，把孩子教给她的话对法官重说了一遍。

法官听了也觉得这个办法可行，他立即把那三个商人找来，问道："当初你们是跟守门人说过，只有你们四个人到齐，或经四个人都同意，她才能把钱袋交出来嘛！"

"是的，千真万确，我们是这样说的。"三个人同时肯定地说。

"既然这样，就按你们当初约定的，你们四个人都到这儿来，一起来取钱袋，缺一个人也不行！"

三个人面面相觑，你看我，我看你，什么话也说不出来了。最后，灰溜溜地走了。

守门的老妇人受的冤枉就这样解除了，她对法官千恩万谢后也走了。在老妇人内心最感激的是那个给她出了这个好主意的聪明的男孩子。

急中生智——应变智慧故事

让老马带路

公元前 770 年～前 221 年的春秋战国时期，大小诸侯国互相攻伐，争斗不已。燕国地处我国北方，由于国小力薄，经常遭到北方山戎民族的侵扰。燕王派出使者，到齐国去求援。齐国国君齐桓公和相国管仲商量好，接受了燕国的请求，齐桓公和相国管仲亲自率领大队人马开到燕国。

入侵的山戎人得知这一消息后，连忙向北逃窜。齐桓公和管仲带领人马，紧紧追赶。

这天傍晚，他们来到了一个叫"迷谷"的地方。茫茫一片黄沙，无边无际，看不到一棵树木，寻不到一棵小草，听不到一声鸟叫。齐桓公和管仲等人从未见过这种地方，分不出东西南北，都迷路了。

管仲对齐桓公说："我以前听说北方有个'旱海'，十分险恶，恐怕就是这个地方。不能再往前走了。"于是，齐桓公命令齐军停止前进。

天慢慢变黑了。周围没有任何声响，死一般的沉寂。齐军刚出发时，还是温暖的春天。眼下已是隆冬季节。狂风夹着沙粒，肆虐地刮着，打在脸

上，隐隐作痛。

"怎么办呢？这里连一滴水也没有，如果不能尽快走出去，不饿死，冻死，也得渴死。可是，辨不清方向，找不到一点路的影子，怎样才能安全走出这个沙海呢？"管仲望着一眼望不到边的黄沙，苦思冥想解脱的办法。

一旁的齐桓公低头不语，愁眉不展。他也在苦苦思索如何带部队走出这可恶的沙海。

突然，一匹战马"咴儿咴儿"地叫起来，在这空旷、荒凉的大沙漠里，显得格外响亮、凄怆。

马的嘶鸣，使管仲猛地从冥思苦想中醒悟过来，他心头豁然一亮，心想："狗、鸽子，蜜蜂，不管离开家多远，从来不会迷路。马不是也能认路吗？挑几匹当地的老马，让它们在前面走，人在后面跟着，不就能走出这个地方吗？"

管仲立即把他的想法告诉给齐桓公。齐桓公心中将信将疑，但没有更好的办法，只得说："好，那试试看吧。"

管仲找人挑了几匹老马，松开紧束它们的缰绳，让它们在前面带路。这几匹老马不紧不慢，自由自在地走着。过了大约一天的光景，齐军在这几匹老马的"带领"下终于走出了"迷谷"，回到了原来的路上。

冒充使者救国

弦高是春秋时期郑国一名商人，他经常来往于各国之间做生意。早春的一天，天刚蒙蒙亮，弦高就起身上路了。前几天，弦高买了十二头肥牛，今天准备赶到洛阳去卖掉。

北方的早春季节，天气乍暖还寒，呼呼作响的西北风，很快刺透了弦高的棉衣，他不由地打了个寒战，下意识地将衣服裹紧，并加快了脚步。

弦高正走着，迎面来了一个人，原来是弦高的一个老乡。那人见了弦高，惊慌地对弦高嚷道：

"弦高，不好了，不好了！"

"怎么了？出了什么事？"

"秦国派大将孟明视率领三百辆兵车来偷袭咱们国家了。"

"真的假的，你怎么知道的？"

"我刚从秦国回来，亲眼看到的。千真万确！"

"哦，看来是真的了！"弦高听着，倒吸了口凉气，"咱们国君刚死，正在办丧事，根本没有打仗的准备。必须想个办法，解救一下。"

"咱平民百姓，能有什么办法，再说，想出办法又有什么用？谁会听你的，快想办法逃命吧！"那人说完，匆匆忙忙地走了。

弦高一边想着主意，一边向前赶着牛。等赶到与郑国接壤的滑国地界时，只见前面尘土飞扬，车轱辘声响成一片。秦国军队真的来了。

弦高快速把十二头牛拴在一边，整了整衣帽，不慌不忙地走上前去，对秦国前哨兵士说："请通报孟明视将军，说郑国使臣弦高有事相告。"

秦国兵士看到弦高镇定自若，有种大气凌然不可冒犯的样子，赶紧回去禀报。孟明视闻报后大吃一惊，内心暗自猜想："这次偷袭郑国是秘密行动，难道走漏了风声？"

孟明视想了想也没有想出个所以然来。为探听虚实，他连忙让人把弦高引到将军面前。

"贵使臣找我有什么事吗？"孟明视装出有礼貌的样子。

弦高镇定自若地深施一礼，微笑着说："我们国君听到将军要到敝国来，

特意让我带上十二头肥牛，送给将士们吃一顿，以表我国的欢迎之意。"弦高停了停，又说，"我们国君说，秦国是我国的友国，很关心我们，我们自己更要谨慎处事，请将军放心。"

孟明视此次率军进攻郑国，本是一次偷袭活动，但现在听弦高的一番话，孟明视断定郑国已经有了准备，偷袭行动是不能进行了，孟明视只好放弃进攻郑国的计划。

"我想您是误会了，我们不是到贵国去的，你不必客气了。"孟明视对弦高说。

"是这样的吗？可我们已经准备好了。"弦高装出惊讶但又惋惜的表情。

"真的是这样，我们不是到贵国的。"孟明视压低声音说，"我们是来征伐滑国的，你就回去吧。"

弦高见已经达到目的，于是就把十二头牛交给孟明视，然后立即赶回郑国报告消息。

几天后，传来消息，滑国被秦国将领孟明视带兵灭掉了。

弦高临危不乱，机智过人，冒充本国的使者，将一场即将到来的危难化于无形，使郑国避免了一场灾难，也在古代外交斗争史上留下了一段脍炙人口的佳话。

诸葛亮的"毒鱼"计

汉灵帝光和四年（181 年），诸葛亮出生于山东琅琊郡阳都县的一个官吏之家。诸葛氏是琅琊的望族，先祖诸葛丰曾在西汉元帝时做过司隶校尉，诸葛亮的父亲诸葛圭东汉末年做过泰山郡丞。

　　诸葛亮三岁时，母亲章氏病逝，八岁时，父亲也离世了。汉朝末年，战乱四起，诸葛亮与弟弟诸葛均一起跟随叔父诸葛玄离开老家琅琊，躲避战乱，一路上颠沛流离，最后到了湖北襄阳的隆中。

　　在隆中，诸葛亮拾柴耕田，把大部分时间和精力放在学习上。他听说附近的灵山有个酆公玖老先生，为人正派，有真才实学，被称为明师，便前往投奔，虚心求教，学习兵法。

　　诸葛亮英俊魁伟，谈吐不凡，给酆老先生留下了深刻印象，另外，在与诸葛亮的谈话中，诸葛亮总有一些真知灼见，这令酆老先生心中暗自惊喜。

　　有一天，有人给酆老先生送来一条活蹦乱跳的鲤鱼。酆老先生让诸葛亮清炖出来。诸葛亮很利落地把鱼洗净，炖在锅里。不一会儿，屋内就飘散着诱人的香味。

　　鱼炖好后，诸葛亮把鱼盛在一个大的砂碗里，便去担水了。担水回来，刚踏进门槛，诸葛亮就觉得室内的气氛变得与众不同，显得非常紧张。

　　屋内酆先生板着面孔，正在厉声责问，而他面前的十几个弟子，有的低着头，有的侧着脸，但都默不作声。原来，炖好的鲤鱼不知被谁偷吃了一半，而所有弟子没有一个人承认。

　　酆老先生不是为鱼被谁偷吃而生气，而是因为没有人敢于承认错误，这令他十分生气。

　　当看到站在后面的诸葛亮时，酆老先生气愤地说："诸葛亮，你炖的鱼怎么少了一半？"

　　"啊！是吗？"诸葛亮假装惊讶地说，因为这时他心中已生出一计，惊慌地扔下水桶，高声对酆老先生说："先生，不好了！要出人命了！那条鲤鱼炖好后，我放了些毒药在里面，我是想用它来药耗子的。"

　　他这一嚷，十几个弟子中有个弟子顿时变得目光游移，脸色苍白，浑身

颤抖，"扑通"跪倒在地上，哭喊道："救命！先生救命！鱼是我偷吃了。"

其他弟子一听要出人命，也一时吓得不知所措，酆老先生也显露出惊慌之色，诸葛亮却放声大笑起来。酆老先生和众多弟子恍然大悟，原来是诸葛亮施了个"毒鱼"计，轻易地找出了那个偷鱼吃的人。

空城戏大军

诸葛亮出山后，辅佐刘备打天下。诸葛亮神机妙算，谋定天下，用兵如神，打了不计其数的胜仗，但诸葛亮也有考虑不周，用人不当，而致使自己被动的时候。

蜀后主建兴六年（228 年），诸葛亮为实现统一大业，发动了一场北伐曹魏的战争。他亲自率十万大军，突袭魏军据守的祁山，任命参军马谡为前锋，镇守战略要地街亭。

在马谡赴任前，诸葛亮再三嘱咐他："街亭虽小，关系重大。它是通往汉中的咽喉。如果失掉街亭，我军必败。"并具体指示让他"靠山近水安营扎寨，谨慎小心，不得有误"。

但是马谡轻狂大意，没有听从诸葛亮的嘱咐，固执己见，将大军布于山上。魏将张郃知道后大喜，立即挥兵切断水源，掐断粮道，将马谡部队围困于山上，然后纵火烧山。

蜀军饥渴难忍，军心涣散，见大火四起，不战自乱。见此情景，张郃命令魏军乘势进攻，占据了街亭。

当时，诸葛亮驻守在偏僻的西城县。当马谡失去了街亭的消息传到诸葛亮这儿时，诸葛亮长长地叹了口气，说："大好的形势丢了！这是我的过错，

我的过错！"

原来，街亭地处秦岭以西，虽然是个小城镇，但却是交通枢纽，如果让魏兵占领了，就等于陕西西部和甘肃一带的咽喉被人卡住了。

这样，对于蜀军来说，交通阻隔，粮草断绝，不用说再去与魏国军队交战，连自己立足的地方也失去了。如此险要的战略重地，现在被马谡疏忽大意弄丢了，后果是极其严重的。

现在，唯一的出路就是迅速撤退。诸葛亮知道消息后随即派出几员大将去接应从街亭退下来的官兵，然后让军队悄悄收拾行李，准备启程，同时，还派出兵士去搬运粮草，以备在撤退的路上用。

就在一切后续工作都部署完毕时，忽然又有飞马来报，说："魏将司马懿引大军十五万，向西城蜂拥而来！"

此时，诸葛亮身边已无大将，只有一些文官，驻守县城的五千人马，又分一半运粮草去了，只剩二千五百兵士在城中。

剩下的官兵们听说街亭失守就感到有些不妙，紧接着又传来了魏兵逼近的消息，人人惊慌失措，不知如何应对。他们盼望主帅诸葛亮拿出好主意使局势转危为安。

就在这万分火急的时刻，诸葛亮从容镇定，临危不乱。他边思索边登上城楼观望，远方果然尘土飞扬，魏兵分两路往西城杀来。

诸葛亮暗想："撤退已经来不及了，出去和魏兵硬拼，那无异于自杀，死守西城，又行不通，因为单靠这几千名官兵，守城御敌是不现实的，也断然守不住。"

突然，诸葛亮心头一亮，想出个好主意。他立即传下命令，将所有的旗帜和鼓收藏起来，所有兵士不得妄自走动，也不得大声喧闹，有违反者斩首。

他还下令将四面的城门打开，每一个城门里，留有二十个兵士，这二十个兵士脱下军装，打扮成老百姓的模样，洒扫街道。

诸葛亮自己披上鹤氅，戴上纶巾，由两个小书童陪同，拿着一张琴，登上敌人迎面攻来的城楼，点燃上香，凭栏而坐，神态自若地弹起琴来。很快，城门上方香烟缭绕，琴声荡漾。

司马懿的先锋部队赶到城下，看到这种情景，不敢贸然进城，将情况立即报告给主帅司马懿。司马懿也感到很奇怪，命令三军停止前进，亲自策马到前面观望。

城楼上，诸葛亮羽扇纶巾，面带笑容，香烟缭绕，琴声悠扬，左边有一个书童，手捧着宝剑；右边有一个书童，手执尘尾。城门内外，有二十多个老百姓，低头洒扫，旁若无人。

司马懿是个多疑之人，他与诸葛亮打过很多交道，素知诸葛亮深谋远虑，智慧超群。他越看越怀疑，越看心越没底，思考再三，他命令全军向北撤退。

司马懿的手下问："诸葛亮身边没有多少兵，所以才故意装出这个样子吓唬咱们，为什么不趁这个机会擒获他，反而要撤兵呢？"

司马懿说："诸葛亮用兵如神，而又小心谨慎，从不打没有把握的仗。现在大军压境，他还这般沉着，大开城门，一定是将大军埋伏在西城城外，引诱我们中计。我们绝不要中计。"

看着司马懿带领魏军撤离后，诸葛亮拍着手大笑起来。他身边的官兵纳闷地问诸葛亮："司马懿是魏国的名将，今天统率着十五万精兵到这里，见了丞相，又迅速退去，这是怎么回事？"

诸葛亮哈哈大笑说："司马懿平素谨小慎微，狐性多疑，他断定我平生谨慎，必不敢冒险，见我们这个样，就怀疑城外有伏兵，所以不敢进城，又

退回去了。"

诸葛亮抓住这来之不易的良机，指挥军队迅速平安地从西城撤回到汉中。后来，司马懿知道诸葛亮引兵退却后，知道上了诸葛亮的当，又引兵来追，但已经来不及了。司马懿羞愧难当，当众承认不及诸葛亮的智谋。

李广阵前退兵

李广是西汉时期的名将，汉景帝时，李广被派到西北边疆，负责率兵抵御匈奴的野蛮入侵。和他一同去执行此次任务的，还有汉景帝宠信的一个太监。

李广身材高大，两只胳臂特别长，从小喜欢骑马射箭。一天，他处理完公事后，便带着几个兵士去野外打猎。忽然，有一匹马向李广跑来，马上还横卧着一个人，李广策马迎上去一看，发现是跟随他一块到边疆来的太监，已中箭死亡。

原来，太监带领几十名骑兵在草原上巡视时，发现了三个匈奴人。太监以为是匈奴的探子，立即挥鞭跃马追上去跟他们交战。三个匈奴人转身回射，一箭就射中了太监。三个匈奴人连连发射，几乎把太监带领的几十名骑兵全部射死。

李广听了逃回来的兵士讲述，说："那一定是专门射雕的猎人。"

李广立即回到大本营，点了一百多名骑兵去追赶那三个人。三个匈奴人没有骑马，走了几十里路就被李广等人追上了。

李广让骑兵向左右两边散开，他自己搭箭弯弓，驰马向前，连发两箭，射死了两个匈奴人，另外一个想逃走，结果被活捉了。一盘问，果然是射雕

的猎人。

李广叫人将活捉到的匈奴人捆绑起来，正要回营，远远望见几千匈奴骑兵疾驰而来。这时匈奴骑兵也发现了李广等人，误认为是汉朝大军派来的诱兵，急忙奔上山头，摆开阵势，准备交战。

李广带来的一百多名骑兵心惊胆战，想飞快地逃回去，以免吃亏。但却被李广阻止了。他说："我们离大本营几十里，人又少，想逃走，匈奴人一定会识破我们的虚实，追上来，我们会很快被他们全部射死。"

"那怎么办呢？"骑兵们没了主意。

"我们就地停下来，他们会认为我们是大军派出来引诱他们中计的，他们就不敢轻举妄动，向我们发动进攻。"

李广说完，果断命令骑兵队向前走，走到离匈奴阵地大约一千米的地方停下来。然后，李广又下令："全部下马，把马鞍子卸掉！"

李广的骑兵着急地说："敌人这么多，又这么近，一旦发生紧急情况，怎么办呢？"

李广泰然自若地说："敌人以为我们会逃走，现在我们不但没走，还下了马，卸了鞍，这会使敌人更加坚信我们是来引诱他们的。"

匈奴人果然中计了，他们总觉得这些人不可捉摸，别有用意。他们派出一个人骑马到李广阵前巡视。李广见了，跃上马，策马迎上去，搭弓射箭，一箭就把那个人射下马来，然后又策马回到自己队伍中，仍然卸下马鞍，把马放了，让马自由地吃草，大家躺在地上休息。

天慢慢黑了。匈奴人始终捉摸不透李广葫芦里装的是什么药，所以一直不敢袭击。半夜时分，匈奴人以为汉军就埋伏在附近，会乘黑夜来偷袭他们，因此连夜撤走了。

第二天一清早，李广见匈奴人撤走了，才带领骑兵从容退回自己的大本营。

蚂蚁穿针引线

公元 641 年前后，正是唐王朝繁荣富强的时期。在唐王朝的西边，有一个藏族政权王国，叫吐蕃，当时吐蕃的首领是年轻的松赞干布，吐蕃的赞普。

吐蕃非常希望和强大富饶的唐王朝和平共处，唐王朝也想与吐蕃和谐共处，两国常互遣使者。松赞干布为了进一步加强这种友好关系，便派出使臣，携带着贵重的礼物，到唐朝求婚。

唐太宗李世民为了安定西部边疆，表示与吐蕃友好，就答应了松赞干布的这个请求。他决定把他的侄女、名将李道宗的女儿文成公主许配给松赞干布。不久，松赞干布便派出了他最信任的大臣禄东赞到长安迎接文成公主。

李道宗早就听说禄东赞智勇双全，是松赞干布最得力的大臣，在吐蕃享有极高威望。他便想当场考验一下禄东赞。于是他叫人搬来一个很厚的铜板，并叫人在铜板上打了一个细孔，另外找来一根针和一根柔软的丝线，放在众人面前。李道宗说："闻听禄东赞大人有智有谋，才气过人，不知大人能否将这根丝线从铜板的孔里穿过去。如果穿不过去，那就请大人回吐蕃，再请别的大臣来迎亲。"

禄东赞的一个随从十分性急，听完这话，自告奋勇站起来，走到铜板跟前，拿起针，纫上丝线，就往铜孔里穿，可是费了半天劲，怎么也穿不过去，原来那个铜孔弯弯曲曲，用针是不可能穿过去的。

禄东赞对随从的冒失很生气，但他却冷静地想："这肯定是李道宗在考验他，这根丝线如果穿不过去，就会在唐朝人面前丢脸，说明没有资格来办这门亲事。如果迎不回文成公主，在赞普面前也不好交代。怎么办呢？如何

才能穿过去呢?"

禄东赞边想边走到铜板前,仔仔细细地看了铜板上的小孔,然后转身径直走出大厅。

大厅里的气氛紧张而尴尬。众人你看着我,我看着你,没有人说一句话。

时间不长,禄东赞从外面走了回来。他捉来一只蚂蚁。只见禄东赞把细丝线拴在蚂蚁的肚子上,然后将蚂蚁放在铜孔里,然后再轻轻地抖了抖细丝线。小蚂蚁像受了惊似的,快速地爬过了铜孔。丝线就这样被蚂蚁带着穿过了铜孔!

在场的人都十分兴奋,特别是吐蕃来的人更是激动得交头接耳起来,一致称赞禄东赞的智慧。李道宗也十分佩服禄东赞的聪慧,高兴地连连点头。

就这样,禄东赞圆满地完成了松赞干布交给他的迎亲任务,把文成公主顺利地送到了松赞干布身边。

丁公言一举三得

北宋宋真宗年间,一天夜里,皇宫里发生了一场火灾。那场火灾火光冲天,浓烟几乎淹没了整个京城汴梁。等把大火扑灭,皇宫内几重宫殿和楼阁已经变成一片焦土和瓦砾了。

宋真宗雷霆震怒,当即下令把几个监管宫殿的官吏斩了,然后又下旨,要晋国公丁公言在限期内修复烧毁了的殿堂楼阁,如有拖延,以死罪论处。

晋国公丁公言接到圣旨后,反复思考,又到现场进行察看、计算。丁公言虽然以足智多谋而著称宫廷内外,但还是受到三大难题的困扰。

第一个难题是取土远。因为筑墙、盖屋，需要大量的泥土，而皇宫里几乎没有多余的泥土，因此，不得不到几十里外的城外去搬运。

第二个难题是运输量大，急需的大批木材、竹子、砖瓦，从各地经水路运到京城汴梁，只能停在城外，把这些竹子、木材和砖瓦再运到工地，要花费大量人力、物力，时间必然拖长。

第三个难题是垃圾清除难。烧毁的殿堂楼阁残留下的破砖、烂瓦、灰土，堆积得像小山一样，再加上修建中丢弃的砖瓦石块，将会更多。要将这些垃圾全部运出城，清理干净，也是很不容易的事情，而且也需要时间。

现在圣旨已下，限期完成，又不容拖延，实在是很难做到。丁公言昼思夜想，最后终于想出了一个好办法。

他先安排了一万多名役工在皇宫前面的大路上挖土，并将土运到工地。由于挖起来省事，搬运距离又近，不几天，修复殿阁用的泥土就准备足了。但与此同时，皇宫前面的马路变成了宽阔的深沟。这惹得一些官吏们指手画脚，评头品足："割肉补疮，这倒是聪明人想出的聪明办法。看这条深沟怎么填补！"

"只要不把整个京城挖掉，我们就放心了！"有些人幸灾乐祸地说。

丁公言面对这些指责嘲笑、流言蜚语，不予理会。他下令把深沟和城外的汴水挖通，这样汴河里的水哗哗地流入深沟，深沟顿时变成了一条河。停泊在城外汴河里的船只可以直接驶到皇宫门前。船上装的木料、竹子和砖瓦可直接运到施工地点，非常省事。

由于材料供应非常及时，修复殿堂楼阁的工程因此进展很快，比限定的时间大大提前了。全部修复后，丁公言又下令将那些堆积如山的焦木渣土以及石头灰沙全都填进深沟里。这样，没过几天，皇宫前的一条河又变成了一条平坦的大路。

丁公言想出的这个办法，既解决了取土远、运输量大的困难，又很好地处理了堆积如山的垃圾；既节省了人力、物力，又缩短了工期，正可谓是一举三得。

打你就是不打你

宋朝时候，有个官员叫丘浚。有一次，他微服去杭州大寺院里拜访一位老和尚。见面后，丘浚对老和尚甚是谦恭，可老和尚看丘浚的装束打扮不像个当官的，也不像个有钱人，他头不抬，眼不睁，说起话来，慢条斯理，态度十分傲慢。

过了一会儿，一个小和尚跑进来报告说，有位将军的公子驾到。老和尚一听立刻不理会丘浚了，慌忙整了整衣襟，跑下石阶，满脸微笑，亲手把公子扶下马鞍，迎进禅堂，点头哈腰，嘘寒问暖，还命小和尚沏上香茶，亲自端给公子品。

被冷落一旁的丘浚，看着老和尚卑躬屈膝的样子，非常气愤。他没想到出家人竟然势利到这种程度。他本想转身离去，从此再不进这个寺院的大门，可又一想，要找机会教训教训这个势利的老和尚，于是，他坐在一旁等着。

那位将军的公子坐了片刻后就起身准备离开。老和尚亲自下台阶，并扶那位公子上马，等那个公子和手下人离去后，才回到禅房。

丘浚责问老和尚说："你对我理都不屑理，如此傲慢，为何看见将军的公子那样殷勤？这是出家人应有的态度吗？"

老和尚说："施主，休怪！我们出家人自有我们出家人的道理，这叫作

恭敬就是不恭敬，不恭敬就是恭敬。"

听着老和尚荒谬的回答后，丘浚十分生气，他琢磨了老和尚的话，突然灵机一动，顺手抄起一根禅杖，照着老和尚的秃头上狠狠打了几下。

丘浚一面打一面说："和尚也不要见怪！既然恭敬就是不恭敬，不恭敬才是恭敬，那么，我打你就是不打你，不打你就是打你了。"

老和尚捂着火辣辣发疼的脑袋，愤怒地看着丘浚，一句话也没说上来。

解缙巧变诗

1369 年，解缙出生在江西吉水鉴湖的一个书香门第之家。解缙自幼聪明机灵，善于巧对对联，有"神童"之称。长大后，考中进士，从此走上仕途，后来进了皇宫，得到明成祖朱棣的赏识。

有一天，太监把下面地区进贡来的一把扇子送给明成祖朱棣。朱棣展开一看，扇面上画着山水杨柳，却没写一个字。他端详了一会儿，不解其意，便把解缙叫到面前，把扇子递给他说："这是进贡的珍品，你按照扇中的画意，给画题一首诗。"

解缙打开扇子一看画面，知道是按唐朝诗人王之涣的七言绝句《凉州词》画的。《凉州词》是这样写的："黄河远上白云间，一片孤城万仞山。羌笛何须怨杨柳，春风不度玉门关。"

解缙略加思索，很快题诗一首，写好后，将扇子呈递给朱棣皇帝。

朱棣仔细看过，觉得非常好，他将扇子送给大臣们去欣赏。王侯大臣看到解缙的字奔放而又清秀，深沉而又流畅。整个扇面字画相映，诗情画意，相得益彰，都啧啧称赞。

　　这时，有个细心的大臣发现，解缙题写的这首诗竟漏写了一个"间"字。王侯大臣们顿时由赞赏而变为担忧了。他们知道，这要让皇帝怪罪下来，是欺君杀头之罪。

　　大臣中有个叫高照的，素来对解缙的才华非常嫉妒，特别是对解缙得到皇帝的赏识，内心更是耿耿于怀，总想找个机会除掉解缙。当他知道解缙在题诗上有了漏洞时，内心暗暗自喜，他立即向朱棣奏道："解缙胆大妄为，目中无君，竟敢趁扇面题诗之机，漏字欺君，这等大罪，请圣上明察。"

　　朱棣闻言一惊，然后接过扇子一看，果然漏了一个"间"字，他立即宣解缙出班领罪。

　　此时，解缙还不知道出了什么事，糊糊涂涂跪倒在大堂上。朱棣怒冲冲地把扇子扔在解缙面前，说："你自己好好瞧瞧！朕如此器重你，你竟敢漏字欺君！"

　　解缙急忙拿过扇子一看，心中不禁一惊。没想到自己竟会如此疏忽大意，眼下怎么办呢？可是，他转念一想，忽然又大笑起来，笑得朱棣和身边的大臣都愣了。

　　"皇上请息怒，这是个误会，这里并没有一字漏掉。"解缙从容地拿起扇子，指着扇面上的题诗说，"我题的这首《凉州词》与王之涣的《凉州词》虽然只有一字之差，但这并不是王之涣的那一首，而是我的新作。王之涣的《凉州词》其实是一首七言绝句，并不是词，我题的这一首才是词呢。"

　　朱棣很是诧异，问道："既然如此，你当众一读，若读得好，朕重重奖赏你；若读不通，罪责难逃！"

　　解缙拿起扇子，高声朗读起来。因为那时候文章无标点符号，解缙就把漏了"间"字的王之涣的《凉州词》念成了这样一首词，用标点符号断开就是："黄河远上，白云一片，孤城万仞山。羌笛何须怨？杨柳春风，不度玉

门关。"

听解缙抑扬顿挫读完，群臣赞叹不已，交口称赞改得好，改得妙，意境优美。朱棣听后也频频点头。

就这样，解缙凭着自己的过人才智，巧变诗词，将一场灾难化于无形，并得到朱棣皇帝的奖赏。而那个心怀叵测、居心不良的大臣高照，落了个小肚鸡肠、心肠歹毒的坏名声。

海瑞要圣旨

海瑞经历了正德、嘉靖、隆庆、万历四朝。无论在哪一朝，海瑞都尽己所能体恤民情，说话办事首先从百姓的角度出发，为百姓的切身利益着想。

明嘉靖年间，朝廷赋税繁重，再加上年成不好，一时间出现了"四海无闲田，农夫犹饿死"的悲惨局面。民怨四起。

嘉靖皇帝朱厚熜迷信道教，梦想自己长生不死，永享人间的乐趣，对老百姓的疾苦不但不闻不问，而且不准臣民随便议论。一些正直的大臣也将准备上呈的奏折又收了回去，并三缄其口了。

海瑞为人刚直不阿、敢于为民请命，他决定打破沉默，但又考虑到嘉靖皇帝厌恶进谏，因此，不能直截了当地把问题摆出来，只能采取巧妙的对策。

这一天，嘉靖皇帝朱厚熜传令海瑞进宫陪他下象棋。海瑞的棋艺是很棒的，但这次不知为什么棋路不顺，走得很别扭，因为他心里惦记着民间的疾苦，考虑如何想法能让嘉靖皇帝减轻老百姓的田税。

"将军！"随着一声清脆的棋响，嘉靖皇帝得意地喊道。这喊声忽然提醒

了海瑞，他心头不禁一亮。他开始将精力放在"两军"对峙的棋盘上。他调整布局，巧运兵力，很快转入主动。轮到他"将军"了，他叫道："'将军'，天下钱粮减三分。"

嘉靖皇帝只注意海瑞的"当头炮"了，并没听清海瑞说了句什么话。

过了一会儿，海瑞又跳了个"卧槽马"，同时一字一板地喝道："'将军'，天下钱粮减三分。"

这一次海瑞的话，嘉靖皇帝听清楚了，但他一时没有明白海瑞这句没头没脑的话是什么意思，也没有仔细去想，反而觉得念着合辙押韵，很有意思。

等到嘉靖皇帝"将军"的时候，他也学着海瑞的腔调高声叫道："'将军'，天下钱粮减三分。"

谁知道话音刚落，海瑞连忙弃棋离席，跪倒在地，说："微臣领旨！"

嘉靖皇帝一时间愣住了，在场侍候的人也都被海瑞的这个突然的举动弄蒙了。嘉靖皇帝问海瑞这是怎么回事。海瑞回答说："万岁刚才不是说'天下钱粮减三分'吗？您金口玉言，臣当然是要照办的啊！"

至此，嘉靖皇帝才明白海瑞的用意，但话已经出口，他也只好下令把全国老百姓的赋税减免三分。

巧骂叛贼

夏完淳于明思宗四年（1631 年）出生于松江（现上海市松江区）。夏完淳天资聪慧，五岁读经史，七岁能诗文，后拜当时著名文学家陈子龙为师。

在父亲夏允彝和老师陈子龙的教育影响下，夏完淳从小就勤奋好学，树

立为国家为民族奋斗终生的大志。

十四岁那年，清军南下，占领了南京。夏完淳和父亲、老师共喝血酒，立下盟约，在江南号召抗清，保国卫家。但他们的义军很快被清军打败了，父亲以身殉职，老师被捕就义。

年轻的夏完淳并没有畏惧、退缩，而是振作精神，在江浙一带继续联络反清力量，反抗清朝廷。当一次回家探望母亲时，夏完淳被潜伏的清兵逮捕了，关进了南京的监狱。

一天，夏完淳被带去受审。他泰然地走进大堂，抬头一看，不禁愣住了：坐在大堂上准备审讯他的竟然是明朝的叛贼洪承畴！他简直不敢相信自己的眼睛，但仔细看，还真是他，一点儿也不错！

洪承畴原是明朝的一个总督。崇祯皇帝曾下令要他率领八个总兵、十三万明朝军队抵御清兵。结果，在松山、杏山决战时全军覆没，逃回来的人说总督战死，崇祯皇帝为表彰其功绩，带领满朝文武为洪承畴举办了盛大的丧礼。

谁曾想到，他不仅没有死，还投降清军，当了叛贼。今天还坐在大堂上，审讯抗清的英雄。

夏完淳没想到在这里看见了昔日的英雄、今日的叛贼，他蔑视地看着洪承畴，昂首挺胸地站在大堂上。押解夏完淳的官差让他跪下行礼，夏完淳坚持不跪。被摁下去，他还是站起来。

"你犯的是死罪，为何不跪？"洪承畴声色俱厉地说。

"我何罪之有？"夏完淳义正词严，"我反对入侵之敌，挽救民族危亡，犯了什么罪？如果我这样的人有罪，那么卖国求荣，为虎作伥的人又该为何罪。大丈夫可杀不可辱，我为什么给你下跪？"

对于夏完淳，洪承畴也了解一些，他知道夏完淳年纪虽然不大，但性格

刚强，在抗清义军中有一定的影响。这次他要亲自审问，就是想说服他，让他降清，用他去瓦解一批抗清人士。但没想到，他竟这样倔强，而且出言不逊！但又不好把实情点破。

想到这儿，洪承畴忍下内心的怒火，用缓和的口气说："你小孩子懂什么？不过是偶然混到贼人里去了，现在，你如果能归顺，我保你能做官。"

"谢谢大人的美意，不过有亨九先生做榜样，我夏完淳难道还怕杀头吗？"亨九正是洪承畴的号，夏完淳挑战似地看着神色慌张的洪承畴，接着说，"我常常听说，亨九先生是当今的豪杰，松山、杏山之战，虽然失败了，可是他很有气节，宁死不屈，英勇牺牲，他是明朝的英雄。我虽然年岁不大，但我知轻重，懂国耻，我决定用牺牲来报效国家，决不当叛贼！"

这些话，听起来是恭维，实际上却句句戳在洪承畴的软肋，令他如坐针毡。这时，有人急忙告诉夏完淳，亨九就是座上的洪承畴，夏完淳装出气愤的样子，指着洪承畴骂道："可笑！亨九先生为国捐躯已经多年了，大明曾经为其举行过丧礼，明天子亲自参加，当时全国哀痛，你是哪里来的叛徒，无耻的东西，竟敢假冒亨九先生的姓名，玷污他的名誉！真可笑！"

"不要说下去了，闭嘴，押下去，押下去！"洪承畴突然站起来说道。

"哈——哈——"夏完淳边被推搡出去，边放声大笑。这笑声令洪承畴内心羞愧难当，恨不得找个地缝钻进去。

纪晓岚说解

清朝乾隆年间，乾隆皇帝在皇宫翰林院聚拢了当时许多著名的学者编汇《四库全书》，并任命才华横溢的纪昀当总纂官。

由于是朝廷主持工作，因此资料、工具很快就绪了，待一切准备好后，庞大的编辑队伍就开始了紧张秩序的编汇工作。

一年盛夏，北京城就像一个大蒸笼，不用说工作，就是闲坐着也汗流不止。纪晓岚身体肥胖，更耐不住燥热，便顾不得斯文，索性脱掉上衣，光着脊梁，将辫子盘在头顶，伏案阅校稿样，编写提要。

不知什么时候，有人悄悄地说了声"皇帝来了"，整个编纂室的人员顿时惊慌起来。纪晓岚透过窗子，看到乾隆皇帝已经快到编纂室门口，要穿好上衣，迎接皇帝，已经来不及了，他急中生智，慌忙放下手中的稿子，钻入案下，拉上帷幕，躲藏起来。

没有想到的是，纪晓岚的举动早被乾隆皇帝看在眼里。他不露声色，径直走进编纂室。他压压手示意让惊慌失措的编撰人员安静下来，然后自己悄悄踱到纪晓岚的书案旁边，静坐不语。

一时间，编纂室里一片宁静。过了好一会儿，纪晓岚在桌案下憋得有些受不住，倾听室内鸦雀无声，以为皇帝走了，便轻轻地掀开帷幕，露出头问："老头子走了吗？"

乾隆皇帝就坐在案旁，一听这话，脸上透出愠怒的神色，说："纪晓岚，休得无礼，什么老头子？别的罪可恕，你凭什么叫朕老头子？如果讲不出道理，立即赐死！"

一听到"赐死"二字，屋子内所有的人都屏住呼吸，心怦怦乱跳，为纪晓岚捏着一把汗。因为皇帝金口玉言，说出的每一句话都要照办。因说话不慎而被处死的事，是很常见的事。

谁知道，纪晓岚听后，却不慌不忙地从案下爬起来，穿好上衣，对乾隆皇帝说："皇帝陛下，您息怒，老头子这三个字，是大家公认的，非臣臆造，容臣详说。皇帝称万岁，岂不为老？皇帝乃国家之首，岂不为头？皇帝乃真

龙天子，岂不为子？'老头子'三字便由此而来，是三重含义的简称，不是臣凭空杜撰的。"

乾隆皇帝听完纪晓岚的解释后，不禁哈哈大笑说："解释得好！解释得好，好一个能言善辩的纪晓岚，朕赦你无罪。"

陆本松报考

清朝末年，贵州清水江一带有一个叫陆本松的侗族少年，聪明伶俐，勤学好问。十二岁时，陆本松来到县里投考。

赶考的人很多，络绎不绝，有的考生已经年近半百，最小的也有二十几岁，陆本松混在这些考试中间，谁也没想到他也是来报考的。当考官听说他也是来应试的，以为是来胡闹的，因此，很不高兴地说："别胡闹，赶快回家去吧，投考不是小孩子的事。"

"我没有胡闹，而是来报考的！"陆本松很严肃地说。

"你年龄太小，不能参加考试。"

"官老爷不应该管我年龄小不小，而应该看我能考上还是考不上。"

考官一听陆本松的回答，见他年纪虽小，但口气挺硬，而且讲得颇有道理，于是便问道："你几岁了？"

"十二岁。"

"读了几年书？"

"十二年。"

考官一听，气又上来了："胡说八道！小小年纪，竟敢当面说谎，戏耍于我，难道你从娘肚里一出来就会读书吗？来人，给我拉下去打！"

"请官老爷息怒，不要忙着打人。"陆本松从容不迫地说，"是这样的，别人读书只在白天，我是白天夜晚都读。我读六年书不是抵得上别人读十二年吗？"

考官听了陆本松的话，虽然觉得有些强词夺理，却又无话可说，因此，他愣了一会儿神才说："好，你既然说你读了不少书，让我先考一考你。考得好，让你报名；考得不好，打你十大板再将你赶出去！"

"没有问题，请大人出题吧。"陆本松毫不胆怯。

考官叫人拿来一张纸，纸张大约有一巴掌那么大。考官将纸递给陆本松，说："你用这张纸，从一写到一万。"

陆本松接过纸，反反复复看了看，回答说："官老爷，用不了这么大一张纸，只要一半就够了。"说着，把纸撕去一半，用剩下的一半不慌不忙地写了几个字交给考官。

考官接过一看，纸上写的是："一而十，十而百，百而千，千而万。"

考官十分惊诧，目瞪口呆，他没想到眼前这个小孩子竟然有如此的应变才能，不由得刮目相看。他决定让陆本松报考。

考试的结果再次令这个考官大跌眼镜，在众多的考生中，陆本松考了个第一名，高居榜首，成了侗族中第一个，也是最年轻的一个秀才。

老猎人的智慧

一天，在一望无际的美洲草原上，一群游客正兴致勃勃地在草原上游玩。忽然，不远处升起熊熊烈火，很快，大火乘着风势，凶猛地向游客这边扑来。

大家立时惊慌失措，大呼大叫起来。游客中有一位老猎人泰然地注视着迎面扑来的熊熊烈火，过了一会儿，老猎人大声说道："如果大家想活下来，现在一切都得听我指挥！"

"你有什么办法？快讲啊！"一个游客恐惧地叫道："大火离我们只有几百米了，风又正巧向我们这边吹，我们很快就要葬身火海了！"

"不要再说了，听我的！"老猎人沉着、果断地说，"请大家动手，拔掉面前这片干草，清出一块空地来。"

看着滚滚而来的烈火，大家不约而同地选择了相信老猎人，动手拔起面前干草来。人多力量大，很快清出了一块空地方。

这时，大火像条游龙，气势汹汹地扑来。老猎人叫大家站在空地的一边，自己站在靠近大火的一边。他拿了一束干草挑在木棒上点起来，等到这束干草烧旺了，老猎人就把它扔到近旁的高树丛里。他放的这把火，眨眼间变成一道炙烤人的火墙。

老猎人的举动令游客们惊呆了，有人大声叫道："你在干什么，你还嫌这火烧得不够旺吗？"

老猎人没有理会。他蛮有把握地说："我点起的这道火墙，会向逼近我们的火龙扑去，你们看吧，它会把火龙扑灭的！"

只见，大火越烧越旺，同时向三个方向蔓延开来，在人们站着的这一方，因草被拔掉而慢慢熄灭了。在迎着大火的一方，这把火像被强大的力量吸引着似的，向前猛扑过去。留给人们的是愈来愈大的空地。等两堆火碰到一块时，火势却骤然减弱，慢慢灭掉了，只有一缕缕浓烟在人们周围缭绕。

游客们安全脱险了，他们无限感激地看着老猎人，急切地问他是怎么想出这个灭火办法的。

老猎人说："这没什么，大火燃烧时，空气从四面八方向着火焰流动，

风虽然从燃烧着的草原那边向我们吹来，但在离火焰很近的地方，却有向着火焰吹去的气流，等一感觉有吹向火焰的气流时，就动手放火，使自己放的这把火向大火扑去，两股火相遇，火势自然会减弱下去，这样自然就能得救了。"

冰棱镜取火

从前，有一个探险队去南极洲探险。那个时候正赶上南极洲的盛夏季节，但南极洲的盛夏与别处有所不同。南极洲的盛夏，温度也在零下二十摄氏度左右。

更为特别的是，南极洲这时没有了白昼、黑夜之分，温和的太阳一直徘徊在天空不愿离去，把那暖人的阳光无私地洒向四周。

探险队员们顽强地抵抗着无情的大自然带来的寒冷和风暴。他们克服重重困难，到处进行各项科学探测。当他们到达一个孤岛后，正准备动手生火做饭时，一件意想不到的事情令他们措手不及。打火器找不到了，能找的地方被翻了几遍，始终也不见打火器的踪影。

没有了火，工作就无法开展；没有了火，就不能生活；没有了火，人的生命也将终结在这里。

一时间，大家面面相觑，一筹莫展，谁也没有好办法。

"难道就真的束手无策，等待死亡的到来吗？"一个年轻的队员，泰然地望着惨白温和的太阳和茫茫的冰原，久久地思索着。最后，他终于想出了一个好办法来。

他取了一块冰，用小刀轻轻地刮，然后用温暖的双手不断摩挲，渐渐地，一个光洁透明的半球形的"冰透镜"做成了。

只见他举着"冰透镜",向着太阳,让太阳光穿过"冰透镜"形成焦点,射在一团干燥蓬松的火绒上。一分钟、二分钟……火绒开始冒出一缕淡淡的青烟。

大家被这缕青烟吸引过来,他们的心仿佛也在随着这缕青烟飘动着。又过了一会儿,火绒上出现一个红点,接着便燃烧起来了!

火苗迅速扩大,很快,整个火绒就燃烧起来了。探险队员们欢呼、跳跃起来,他们互相拥抱,像在欢庆一个重大、热烈的节日。

冰火两重天,冰与火是不相容的,但万事万物都是既相生又相克的,凡事没有绝对的。

孤岛上的烟火

一个十分炎热的夏天,一艘货轮正行驶在广阔的大西洋海面上,忽然,海面上飓风骤起,一时之间,平静的海面波涛涌起,巨浪滔天,海浪像凶猛的野兽向货轮迅疾扑来。

货轮如一叶小舟被巨浪高高抛起,然后又狠狠地摔下。很快,货轮就被巨浪打沉了,货轮上除了瑞克,其他船员们都葬身海底了。瑞克十分幸运,在与风浪的搏斗了中,抓到了一块漂浮的木板,不知漂浮了多长时间,最后飘到了一个小岛上。

一登上小岛,瑞克便昏厥了过去。等他苏醒过来时,他又饿又渴。瑞克走遍小岛,也没找到任何可以吃的东西。幸好,他在林间找到一处流淌泉水的泉眼,便迅速蹲下身子,咕咚咕咚喝了个够,好像从没有喝过这么甜的水。清凉泉水唤起了瑞克的精神,但饥饿仍在折磨着他。

"难道就困死在这里吗？"瑞克想，"有什么办法离开这个孤岛呢？"

瑞克看远处有一艘船驶过，他满怀希望地冲向岸边，挥动双手，高声叫喊。但是，由于太远，船上的人没有发现瑞克。

过了一会儿，又有船的桅杆在天水相连的地方移动，瑞克又扯起嗓子呼救。同第一次一样，由于太远，船上的人没有发现瑞克，桅杆也慢慢地消失在天际。

海上不断地有船只来往，然而瑞克却没有任何办法使他们发现自己。

瑞克十分焦虑。他忽然想到："对，我烧起一堆火。这样，有船在附近驶过，就会发现，我也就得救了。"

可是，又一想，身边没有火柴，没有打火机，没有任何可以用来点火的东西，瑞克再次陷入了绝望之中。

火热的太阳悬在天空，炙烤着大地，石头被晒得有些发烫。瑞克在海边发现了一个漂来的小木盒，打开木盒，发现里面盛着一瓶酒和两个玻璃酒杯。

瑞克下意识地打开酒瓶，往玻璃杯里面满满斟了一杯酒，然后将玻璃杯举在面前。大概他感到自己不可能活着离开这里了，含着泪水的两眼呆呆地远望着茫茫的大海，像在祝福着什么，又似乎什么也没想。

就在这时，强烈的阳光透过玻璃酒杯，把一束亮光射在他的脸上，瑞克感到火辣辣的有些痛。这时，他的心头不禁一亮，兴奋地叫道："有办法了！有办法了！可以死里逃生了！"

"平日可以用玻璃制的取火镜生火点烟，现在用盛满水的玻璃酒杯当作取火镜，不就可以点着火了吗？"

瑞克想到这里，立即快速拾了一抱枯草，把酒杯装满泉水，让阳光透过酒杯形成的焦点，照在枯草上。不一会儿，枯草上冒出了一缕轻烟，随即，

枯草被点着了。浓烟在小岛上弥漫开来。

就这样，孤岛上的烟火引起了过往船只的注意，瑞克最终被解救。

明亮的灯光

1847 年 2 月 11 日，爱迪生出生于美国中西部的俄亥俄州的米兰小市镇。爱迪生的父亲是个做小生意的人，家境还不错。但在爱迪生七岁时，父亲生意亏本，全家搬到密歇根州休伦北郊的格拉蒂奥特堡定居下来。

一天傍晚，爱迪生的妈妈突然肚子痛得在床上直打滚，脸上瞬间冒出豆大的汗珠。

爱迪生的父亲赶紧请来医生。经过诊断，爱迪生的妈妈患的是急性阑尾炎，需要立即做手术。

由于当时爱迪生家里的经济状况不是很好，去住院做手术费用很高，家里拿不出那么多钱。因此，爱迪生的父亲就请求医生，希望在家里做这个手术。

虽然违反相关的规定，但善良的医生，最后还是勉强地答应了。

小爱迪生跟在医生身边，很懂事地帮着打扫狭窄、破旧的屋子，喷洒药水，做手术前的准备工作。

手术的各项准备做好了，太阳也悄悄地西沉了。屋子慢慢地被黑暗笼罩，屋子里的一切都变得模模糊糊，想在房间行走都难，更不用说做手术了。小爱迪生赶紧点起家里唯一的煤油灯。可是，煤油灯发出的光线灰暗、微弱，医生看不清楚，手术没有办法进行下去。

这怎么办呢？

妈妈在床上痛苦地呻吟着，父亲惶惶不安地看着医生，医生很为难地摇摇头，他虽然想帮这个忙，但灯光不明亮，他实在不敢贸然动手。

"要是能让屋里一下子亮起来该有多好！"小爱迪生天真地想。他透过窗口，怨恨地看着渐渐暗淡下去的天色。

忽然，他想起白天和小朋友们一块玩破镜子片的情景。有个小朋友不知从哪里弄到一块破镜子片，拿着照来照去，反射出阳光，在墙上不停地晃动，连黑暗的角落都照得通亮。

想到这里，小爱迪生十分高兴地对医生说："医生叔叔，有办法让屋子明亮了。"说完，小爱迪生转身跑了出去。

时间不长，小爱迪生从邻家的一家店铺里借来四面大穿衣镜和几盏煤油灯，并叫来他的几个小伙伴帮忙。

小爱迪生指挥小伙伴把镜子放在床的四周，再在每个镜子前面放了一盏煤油灯。然后，点燃四盏灯，灯光射到镜面上，镜面将灯光反射出明亮的灯光。

小爱迪生把穿衣镜一一调整了一下，使四面镜子反射出的灯光聚在一起，这样光线充足起来，顿时把"手术室"照得亮堂堂的。

医生高兴极了，高兴地拍着小爱迪生的头说："真是个聪明的孩子，很会动脑筋，将来一定有出息。"说完，就专心致志地做起了手术。在明亮的灯光照射下，医生顺利地为爱迪生的妈妈完成了阑尾切除手术。

易卜生藏文件

易卜生是挪威伟大的戏剧家。一百五十多年前，易卜生出生于挪威一个贫苦家庭。由于贫穷，易卜生从小就受到有钱人家的歧视，这使他从小就养

成了一种反抗精神。到二十几岁时，他参加了社会主义者库斯·特列恩领导的工人运动，胸中充满了热情和力量。

他经常跑上街头发表演说，揭露黑暗的现实。他参加了很多很重要的会议，并写了许多秘密文件。这些活动引起了反动政府的恐惧和不安，对这些活动，反动政府千方百计进行破坏、镇压。

有一天，工人领袖库斯·特列恩和一些进步青年被逮捕了，反动政府的警察也突然包围了易卜生的住宅，进行大搜查。

那个时候，易卜生正在家里写作，逃走已经来不及了，就是把那些藏在他这里的秘密文件烧掉也似乎来不及了，而有些文件非常重要，直接关系到一些人的生死存亡，这该如何是好呢？

就在易卜生如热锅蚂蚁的时候，搜捕的警察的脚步声越来越近，马上就要来到门前了。

易卜生紧皱眉头，急中生智。他把藏着秘密文件的柜子打开，把重要文件拿出来胡乱地丢在床上和桌子上，有的握成一个纸团儿，当作废纸丢在桌子旁边，感觉像是作废的稿纸。而把那些无关紧要的文件迅速而又整齐地装在柜子里。

当警察破门而入时，易卜生恐慌不安地离开柜子，坐在桌子旁边，故作镇静地拿起笔来，继续写他的文章。

野蛮的警察这里翻翻，那里动动。对外面摆着的一切，易卜生做出毫不介意的样子，只是不时地回头，感觉像不经意却又紧张不安地看看那个柜子，好像在说："千万别搜那里！"

愚蠢的警察中计了，他们觉察出易卜生不安的神情，立即向柜子扑去。易卜生急忙起身上前想用身子挡住已经来不及了。里面的东西全被拖出来，散落一地。他们得意地一本一本地查，一页一页地看。而对那些散乱在桌

上、床上的重要文件，却不屑一顾了。

翻了半天，实在也没有什么重要的东西，警察们只能失望地收队走人。这时，易卜生像恍然大悟似的，走到门口，对那些警察们说："先生们，欢迎你们再来，不过再来时，最好预先打个招呼，你们想查到什么东西，我好预先准备一下，免得你们白跑一趟！"

真假难断的话

历史上，古希腊和波斯发生过一次规模空前的战争。战争的起因是波斯国王野心勃勃想将美丽富饶的希腊据为己有。希腊军民面对强敌入侵，团结一致，奋勇迎敌，最终打败了波斯侵略者，俘虏了大批兵士。希腊国王命令把俘虏投进了监狱。

战争结束后，希腊国王想把俘虏来的波斯囚犯处死。当时最流行的处死方法有两种：一种是砍头，一种是处绞刑。用什么方法处死这批入侵国的囚犯呢？

古希腊国王别出心裁，他决定让囚犯自己来选择。选择的方法是：囚犯任意说一句话来，然后根据这句话的真假来给予刑法，如果囚犯说的是真话，就处绞刑；如果说的是假话，就砍头。

命令很快被执行下去，结果，许多囚犯不是因为说了真话而被绞死，就是因为说了假话而被砍头。那些干脆不讲话或吓得讲不出话来的，就被当作说了真话而处以绞刑。

在一批囚犯中，有一个囚犯极其聪明，他觉得自己逃生的机会来了。当轮到他来选择死的方式时，他走到国王面前问："国王陛下，如果我说出一

句话，你们既不能绞死我，也不能砍头，那该如何呢？"

"这种情况是根本不可能发生的，绝对不可能！人说出的话，不是真的就是假的。"国王很自信地说，"如果你说出的话含糊不清，模棱两可，不能马上验证其真假，那么你就会因为说了假话而被砍头。"

"我的话十分明确，一听就知道是真是假。"那个囚犯说，"请国王陛下，能对我提出的问题做出明确的回答。"

"好吧，如果你能做到这一点，那就证明你是聪明的，对聪明人我会网开一面的，我将释放你。不仅释放你，所有还没被处死的俘虏都可以释放回家。"国王说。

国王之所以变得如此宽宏大度，不是因为他真的有着宽广的胸怀，而是他坚信任何人也不会说出一句既不含混又无法使他辨别真假的话来。

那个囚犯听到国王明确的回答后，果真说了一句使国王左右为难，既不能将他绞死，也不能将他砍头的话，这句话就是："我将被砍头。"

很简单的一句话，意思也很明确。听完这句话，刽子手一时没有领会过来，他举起了手中的大刀，要把这个囚犯的头砍掉，可是，他又立即停住了，把刀慢慢放下了。因为，他想到如果真的把他砍头，那么他的话就是真的了，按照国王的规定，说真话是应该被绞死的。

刽子手们又要把他处以绞刑，可是，还没把那个囚犯推上绞刑架，他们又放弃了这个念头。因为，如果真的把他处以绞刑，那么他说的"我将被砍头"就成了假话了，而说假话又是应该被砍头的。

因此无论处以绞刑，还是砍头，都没有办法执行国王原来的决定。刽子手们犹豫不决，无从下手了。

国王也被这句话难住了，这出乎了他的意料。国王想了又想，都没有找到既可以杀了这个囚犯，又合自己规定的方法，最后只好遵守自己的承诺，

把那个聪明的囚犯和所有还没被处死的囚犯一块儿释放了。

死里逃生的大臣

很久以前，有一个国王突发奇想，他定下了这样一条法律：凡是犯罪的人，不论罪过大小，都要先入狱三天，然后叫犯人在一个特制的木箱子里抓阄儿。

阄儿是两个纸卷做的，一个纸卷上面写着"生"字，另一个纸卷上面写着"死"字。犯人如果摸到写"生"的纸卷，将被释放，但是如果抓到写"死"的纸卷，就被杀头。

国王说，这样来决定犯人的生死，最公平、最合理了。

这个国王手下有一个宰相专会讨国王的欢心。国王有什么要求，他往往会不择手段地帮助完成。国王要是对谁不满，他马上会派人把那人抓起来。他说话办事都要顺着国王的心思。自然，这个宰相成了国王身边的宠臣。

这个宰相嫉妒朝中一个办事公道的正直大臣。他看到大臣处处受到人们的尊敬，就更加憎恨起来。他向国王诬告大臣，说大臣私下诽谤国王。糊涂的国王马上派人将大臣拘禁起来。

歹毒的宰相心想："三天后，大臣就要抓阄儿，要是抓到写'生'的纸卷，还是不能把他弄死。不行，我一定要叫他有死无生。"

他冥思苦想起来，最后终于想出了一条毒计。他将那个专管装纸阄儿箱子的法官偷偷地叫来，要他把两个纸卷偷着都写成了"死"字。这样，大臣无论抓到哪一个，都是个死。

宰相身边有个心地善良的仆人。他无意中听到了宰相和那个法官的谈

话，非常同情那个正直大臣的不幸遭遇。他不顾自己的生死，在夜深人静的时候，偷偷溜进禁闭室，把宰相和法官设计毒害的事告诉了大臣。

大臣无声地点点头，内心非常感激那个仆人。

三天后的早晨，大臣被带到大庭上。那个管纸阄儿的法官，把木箱子放在国王的宝座前。歹毒的宰相坐在国王一边，脸上挂着阴笑。看着刚从禁闭室里走出来的大臣，得意地想："你的死期到了！"

规定抓阄的时间一到，国王宣布抓阄儿开始。

只见大臣很坦然地走到木箱前，毫不犹豫地伸手从箱子里摸出一个纸卷，然后看也没看，就把这个纸卷放进嘴里吞下去了。

国王没别的办法，只好根据箱子里的那个纸卷做出判断。一看箱子里剩下的那个纸卷上写的是个"死"，那大臣吞下去的那一个当然应该是"生"了。国王依照自己制定的法律，把大臣释放了。

就这样，大臣急中生智，将计就计，化被动为主动，利用智慧死里逃生了。

按照法律办事

安东尼奥和夏洛克是威尼斯城里的两个富商，不过两人有很大差别。夏洛克靠放债勒索钱财发家致富。许多人因还不清他的债，被逼得走投无路，家破人亡。

安东尼奥从事贸易生意，拥有几十只商船。与夏洛克的狠毒刻薄不同，安东尼奥仗义疏财，常常帮助深处困境的人。对于夏洛克的狠毒，安东尼奥非常痛恨，他曾当面骂夏洛克是条恶狗。为此，夏洛克对安东尼奥很是怨恨，一直想寻找机会报仇。

安东尼奥有一个亲密的朋友叫巴萨尼奥。他向美丽聪明的鲍西娅求婚，鲍西娅爽快地答应了。结婚需要一笔款，于是巴萨尼奥想到了好朋友安东尼奥。

安东尼奥打心眼里是愿意帮忙的，但是他的商船都到海外运货去了，身边一时拿不出钱来。

为了不耽误朋友的终身大事，热心的安东尼奥亲自跑了几家去借钱，结果都没能借着。最后只好硬着头皮去求夏洛克。

安东尼奥向夏洛克借了三千块钱，并写下了这样一借约："如果三个月还不清借债，夏洛克就从安东尼奥的胸口上割下一磅肉。"

巴萨尼奥坚决反对安东尼奥这样做。安东尼奥却蛮有把握地说："没事的，亲爱的朋友。夏洛克要签那么个借约，无非是想寻找报复的机会，要我的命。请放心，我决不会失约的！只要两个月，我就有九倍于这笔借款的数目到手。"

可天有不测风云，借约规定的日期已到，安东尼奥的商船不仅没有一只归来，还传来最坏的消息，说有几只船被狂风打得沉入海底。

知道这个消息后，夏洛克高兴地连声说："真是天助我也！机会终于来了，我要照约办事，让他尝尝我的厉害！"

安东尼奥知道夏洛克是会下毒手的。就写信告诉正在外地结婚的巴萨尼奥和鲍西娅小姐，希望自己能在死前见他们一面。

按照当地的法律规定，判决的这一天，安东尼奥和夏洛克都到了法庭。审理这个案子的法官不是别人，正是鲍西娅小姐。不过她已女扮男装，没有一个人能认出来，连巴萨尼奥也想不到坐在法庭上的法官是自己刚刚结婚的妻子。

鲍西娅小姐是顶替一个病倒的法学博士来审理此案的，她下定决心要救

安东尼奥的性命。

庭审开始，鲍西娅小姐劝夏洛克发发慈悲，饶恕安东尼奥这一次。夏洛克却摆出一副维护法律的面孔："我已经发誓！为维护法律的尊严、公正，我要照约执行处罚！"

其实在庭审前，巴萨尼奥千方百计筹到了一笔巨款，想加倍偿还夏洛克，希望换取安东尼奥的生命。夏洛克断然拒绝了这个请求，始终不肯松口。

鲍西娅小姐说："希望你能从法律的立场上让让步，让安东尼奥出三倍的钱还你，把借约撕掉吧。"

"不行！不行！把整个威尼斯给我，我也不答应。我要的只是胸口上的一磅肉，按照法律，它已经属于我了，我一定要拿到手！"夏洛克恶狠狠地说。心想，割肉时，只要我的刀尖稍微一深，安东尼奥的小命就算报销了。

夏洛克的顽固、狠毒，激怒了在场的人，人们大声骂他是"豺狼"，"死了要下地狱"。

夏洛克反而更嚣张地说："叫嚣什么，这事不怪我，我只要求按法律做出最公平的裁判！"

"既然这样，那就照约处罚。"鲍西娅小姐神态自若地说，"按照法律，夏洛克有权从安东尼奥的胸口割下一磅肉。现在请安东尼奥把胸膛袒露出来。"

"对，就在心口附近！"夏洛克将早已经准备好的锋利刀子拿在手中了。

"称肉的天平有没有准备好？"

"我已经带来了。"

法庭里的人痛苦地沉默着，人们都暗想这回安东尼奥的性命不保了。

"按照法律规定，安东尼奥身上的一磅肉属于你的，法律判给你。"鲍西

娅小姐对夏洛克说，"你必须从他胸前割下这磅肉来。"

"看！多么公平正直的法官！真是公正无私的判决！"夏洛克说着，站起来，做好了割肉的准备。

"等一等，"鲍西娅小姐说，"这借约上并没有允许你取他的一滴血，只是写明'一磅肉'，所以，你可以照约拿一磅肉，在割肉的时候，要注意不能让一滴血留下来，如果流下一滴血，按照法律，你的财产全部充公，并且还要你抵命！"

"噢！公平正直的法官！真是公正无私的判决！"人们学着夏洛克的说法，兴奋地欢呼起来。

此刻，夏洛克如遭五雷轰顶，他一屁股坐在凳子上，手中刀子"唰"地掉在地下，半天才说上话来："好了，把我的本钱还我吧！我不要那一磅肉了！"

"这个请求刚才你已经拒绝了。"鲍西娅小姐顿了顿，又说，"现在，除了割下你身上的一磅肉以外，你不能拿一个钱！这是按法律做出的最公平的裁判。"

夏洛克目瞪口呆，整个人像傻了一样，迷瞪瞪地走出法庭，边走边喃喃地说："我不打这场官司了，我不要本钱了。"

狄更斯的谎话

查尔斯·约翰·赫芬姆·狄更斯是19世纪英国最著名的小说家，他凭借勤奋和天赋创作出一大批脍炙人口的经典著作。他更是一位幽默大师，说出来的话经常令人捧腹大笑。

狄更斯的家乡朴次茅斯在大不列颠岛的南端，临近大海。他从小就对浩瀚无边的大海产生了浓厚的兴趣，并养成了钓鱼的习惯。后来，他成了伟大的作家后就定居在伦敦，仍然对钓鱼保持着浓厚的兴趣。

一天，温暖的海风吹散了满天大雾，伦敦在蓝天的映照下，显得分外美丽动人，充满生机。狄更斯知道这是一个垂钓的好天气，于是兴致勃勃地走出家门。沿泰晤士河向上走，直到找到满意的地方，才停了下来。准备一番过后，便把鱼标投向清澈的水中。

但是，钓了半天，一条也没钓着。狄更斯仍耐心地等待着。眼看有一条大鱼游近鱼钩，一个陌生的男子却走到他身边，用质问的口气问道："你怎么在这儿钓鱼？"

游近的大鱼被这声音惊得一个转身，游走了。狄更斯很不高兴地抬起头看了那个陌生人一眼，毫不客气地回答："是的，我在钓鱼。可钓了半天，一条也没钓到。可在昨天，也是在这个地方，却钓到了十五条！"

"真的吗？"陌生人声音又提高了一度，他摆出一副傲慢神态，说："那么，你知道我是谁吗？我是这个地方专门检查钓鱼的，这段河上严禁钓鱼，钓鱼罚款！"

说着，陌生人从口袋里掏出发票簿，准备开罚款发票。

狄更斯看他那骄横的样子，觉得很可笑，同时，也很生气，便反问道："那么，你知道我是谁吗？"

那个陌生人见没有吓着狄更斯，反见狄更斯气势汹汹，以为狄更斯大有来头，便先自软下三分来，怯生生地看着狄更斯。

"不认识吧，我是作家狄更斯。"狄更斯从容不迫地说，"你不能罚我的款，刚才我说的是虚构的故事，而虚构故事正是作家的特征。"

陌生人听完，想说什么却又一句话也说不上来。

大门上的记号

很久很久以前，阿拉伯帝国有一个穷苦的樵夫叫阿里巴巴，长年靠上山砍柴卖钱过日子。

这一天，他像以往一样赶着三匹驴子到深山老林里去砍柴。砍了三捆，正准备让驴子驮回家去时，忽然看见有一伙人鬼鬼祟祟地钻进一个山洞。过了一会儿，他们又钻出来，把洞口堵好，向远处走去。

阿里巴巴脑筋一转："这一定是强盗的巢穴，他们抢的东西一定藏在里面。"想到这儿，他便钻进那个山洞，果然在山洞里，发现了大量闪闪发光的金银财宝。阿里巴巴取了一些金银财宝，并用木柴掩盖着，便急匆匆赶回家。

这伙强盗很快就知道他们的秘密被人发现了。他们惊恐万状，同时也非常气愤。强盗头子派了一个喽啰去调查那个知道他们秘密的人，好找机会进行报复。

那个喽啰在城里找了几天，直到一天黎明，才打听到阿里巴巴的住处。他偷偷地在阿里巴巴家的大门上画了个记号，然后溜回了山洞。

阿里巴巴发现门上有一个奇怪的记号，猜出一定是那伙强盗找来了。他十分害怕。他的妻子哭哭啼啼地说："快用水把那记号刷去吧。"

正在他家帮助干活的一个漂亮姑娘麦尔卓娜知道情况后说："用水还能刷得一点痕迹也不留？要是刷出新痕来，还不是一样给强盗留下了记号？"

"那怎么办呢，要不我们搬走吧。"阿里巴巴可怜巴巴地说。

"人走了，房子会被强盗烧个精光。以后就无家可归了。"麦尔卓娜姑娘说。

"如何是好呢？难道就死路一条了？"妻子感到绝望地问道，埋怨丈夫不该去动强盗那些抢劫回来的东西。

"你们不必如此害怕，强盗虽然凶残，但也愚蠢。只要让记号变一变，他们就无从下手了。"麦尔卓娜姑娘自信地说。

当天夜里，城内一片寂静。强盗们由那个喽啰领着下山了。结果，他们找遍了全城，也没找到阿里巴巴的家。因为，所有的大门上都画有相同的记号。强盗们垂头丧气地回去了。那个喽啰被强盗头子一刀杀死了。

原来是聪明的麦尔卓娜姑娘在每家的大门上都做了相同的记号，强盗们自然分不清了。

回到山上后，强盗头子又派出一个手下，打听阿里巴巴的家。这个愚蠢的手下找到阿里巴巴的家后，和第一个强盗一样在阿里巴巴家的门上又做了另一种红色记号。

麦尔卓娜姑娘看见了，也和第一次一样，在每家的大门上做了相同的记号。当强盗们趁着夜色摸进城里时，他们在每家大门上看到了同样的红色记号。他们又白跑一趟。

最后，强盗头子决定亲自出马。他费了很大的周折，找到了阿里巴巴的家，并直接闯了进去。

麦尔卓娜姑娘看出这个陌生人来者不善，知道一定是来进行报复的强盗。她就让阿里巴巴夫妻俩偷偷地躲开，自己穿起最华丽的衣服，打扮得异常漂亮，殷勤地招待强盗头子。

麦尔卓娜姑娘把强盗头子当作最尊贵的客人招待，给他拿出糖果，沏上茶，和他亲切交谈，为他跳起优美的舞蹈。

强盗头子也是愚蠢的，他被麦尔卓娜姑娘的热情所打动，甚至内心爱上了这个热情而又俊俏的姑娘。他慢慢地喝着茶，笑嘻嘻地看着她跳舞。

趁着强盗头子忘乎所以，得意忘形的时候，麦尔卓娜姑娘从腰里拔出匕首，一下子刺进了强盗头子的心窝。愚蠢的强盗头子就一命呜呼了。

巧思妙想——心智智慧故事

童辉照井

古时候有个小孩叫童辉。童辉聪明伶俐，而且很懂事，经常帮助父母干些力所能及的活。

一天，童辉和妈妈去打水，妈妈低头提水时，不小心，把头上戴的簪子掉进了井里。妈妈急忙找了根竹竿，在一头绑上个小铁钩儿，伸到井里去捞。

井道里黑乎乎的，什么也看不清，捞了半天也没能把簪子捞上来。妈妈有些泄气，直起身，抬头看看耀眼的太阳，说："要是太阳光能照到井里该有多好！"

一直跟在妈妈身后、替妈妈着急的小童辉，听了这话，也抬头看看太阳，又低头看看黑洞洞的井道说："妈妈，我有办法了。"

说完便转身向家跑去，不一会儿拿来一面镜子。小童辉举着镜子照啊，照啊，镜子反射出一束强烈的阳光，可怎么也照不到井里去。

小童辉眯缝着两眼，看看太阳，又仔细端详着井口和手中的镜子，开动

脑筋想办法。忽然，他对妈妈说："妈妈，你等一等，有办法了。"说着跑回家。

一会儿，小童辉又拿来一面镜子。他把这面镜子斜着竖在井台旁边，让它斜着向上，反射出的阳光正好照在他手中的那面向下的镜子上。这样，阳光拐了两个弯，反射到井里去了。井道里被照得明晃晃的，妈妈的簪子很快捞了上来。

寻找"无烟柴"

鬼谷子是战国时期的传奇人物，他学富五车，精通兵法，有远见卓识。鬼谷子在云梦山中的几间茅草屋里办起了一个学堂，收了许多弟子，教他们学天文、地理和兵法。孙膑和庞涓是众多弟子中的佼佼者。

有一天，鬼谷子为了测试弟子的智慧，就郑重其事地对他们说："你们到大山里去找无烟柴，每人带着打火用具，用火鉴别，必须是找光起火不冒烟的木柴才行，限期三天。在这三天里，谁找到无烟柴后即可回来见我。"

听了老师的吩咐，弟子们都带上打火镰、火石、干粮和简单的行李，分头到云梦山的四面八方去寻找无烟柴了。

庞涓是个学习不踏实、好出风头、爱耍小聪明的人。他想，同窗中就数孙膑足智多谋，如果和他一块去寻找，准能满载而归，得到老师的夸奖。

庞涓找到孙膑说："师兄，师父让咱们三天找到'无烟柴'，我看咱俩最多用两天就能找到。"

孙膑想了想说："我们还不知道什么是'无烟柴'，至于是三天找到还是两天找到现在还无法下定论。"

"如果你和我不能按时找到，别人就更没指望了。"庞涓自负地说道。

"这种话现在说还为时过早。"孙膑为人谦卑，对庞涓这种论调很是反感，"这次找'无烟柴'，是师父在考我们，看我们会不会动脑筋。我认为，不管是谁，只要勤于动脑，都有可能成为第一个找到的人。"

听了这话，庞涓心里很不舒服，他总觉得这是孙膑在他面前装腔作势，故作姿态。不过，他还是愿意和孙膑搭伴去找无烟柴，因为他坚信跟着孙膑一定能圆满完成任务。

两个人到了山上，砍了一捆捆枯枝干柴，然后用火一点，枯枝都突突地冒黑烟。面对这突突的黑烟，庞涓大失所望，他转头看着皱着眉头，低头不语的孙膑，内心一转，心想，树林里哪有不冒烟的柴呢！这准是师父试探我们有没有心眼，要是真的不开窍闷着头找三天，准会让师父嗤笑。

庞涓越寻思越肯定自己的想法。他对孙膑说："咱俩分头去找吧，比在一块找可能会快些。"孙膑还没来得及回答，他就快速地下山了。

孙膑心里想的是："师父既然让我们找无烟柴，那就一定有。师父绝不会戏弄人的。我要满山遍野去找，寻找不到，决不下山。"他怕燃烧的木柴堆引起山林大火，就用土把它盖住，继续到深山老林里去寻找。

第三天，太阳就快要落山了，孙膑还是没能找到无烟柴，但他并没有灰心，仍在山上转悠着寻找。转着转着，又回到了他第一天烧柴的地方。

孙膑用树枝刨开用土埋着的木柴灰。木柴灰里有一段一段的黑木棍，他突然心头一亮，赶紧打火点燃黑木棍，惊喜地发现烧过的黑木棍只起火，不冒烟。

无烟柴找到了！孙膑兴奋得把从灰堆里拣出来的黑色木棍，捆了一小捆，高高兴兴地去向师父交差。

在孙膑回来之前，鬼谷子的其他弟子全都两手空空地回来了。鬼谷子看

了看这些弟子，摇头不语。当听到孙膑回来的消息时，他脸上才露出笑容。他接过孙膑背回来的黑木棍，高兴地说："我猜你一定会找到无烟柴的，果然没有让为师失望。"

转败为胜的妙计

两千多年前的战国时期，齐国的国君齐威王善于纳谏用能，励志图强，是个有志气、有作为的国君。齐威王爱好骑马射箭，喜欢和别人比赛，并且十次比赛有八九次能赢。

有一天，齐威王又提出和齐国大将田忌赛马，并且以千金作赌注。

田忌痛快地答应了齐威王的要求。但是，答应归答应，心里却老是嘀咕："以前和国君比赛过多次，都输了，这次怎么才能赢呢？"

田忌回到家里，把与国君赛马这事告诉给了门客孙膑。孙膑是一个有勇有谋的军事家。起初在魏国做事，后来为了躲避名利熏心、阴险狠毒的同窗好友庞涓对他的迫害，在齐国使者的帮助下，从魏国逃到了齐国。

田忌早就闻听过孙膑为人谦卑，精通兵法，因此由衷地敬仰孙膑，在与孙膑见面以后。两人一见如故。田忌更是让孙膑住在自己家里，以上宾之礼予以招待。

知道田忌在为与齐王赛马一事犯愁后，孙膑就想为好朋友解难，便去问田忌："以前是怎么个比赛法？"

田忌说："两个人各备三匹战马，马分上、中、下三等，上等的对上等，中等的对中等，下等的对下等。赛过一轮定输赢。我的马力气不足，从前都输给国君了。"

孙膑想了想，然后说："这一次，听我的话，我保你能取胜。"

到比赛的那天，孙膑对田忌说："你把最好的辔头、鞍子备在下等马上，当作最好的马与国君最好的马比赛，再用你的上等马与国君的中等马比赛，用你的中等马与国君的下等马比赛，这么颠倒一下次序，就行了。"

田忌按照孙膑的主意准备妥当。比赛开始了，齐威王和田忌各自跨上自己的战马，催马上阵，战马狂奔起来。观看的人呐喊助威，喝彩声不断。

第一个回合，田忌以自己的下等马对齐威王的上等马，结果输了。第二个回合，田忌以自己的上等马对齐威王的中等马，结果田忌赢了。第三个回合，田忌以中等马对齐威王下等马，田忌也赢了。三局两胜，田忌赢下了与齐威王的赛马，获得了千金赌注。

比赛的结果大大出乎齐威王的预料，他感到很奇怪，就问田忌，这次他是怎么取胜的。田忌就把孙膑给他出的主意如实地告诉了齐威王。

齐威王听后，连声称赞孙膑有智谋，聪明过人。从此，齐威王重用孙膑，让田忌、孙膑统领齐国大军。

请国君上山

齐国大将田忌总是在齐国国君齐威王面前说孙膑如何如何深谙兵法，如何如何智慧过人。齐威王十分高兴，认为孙膑是个难得的人才。但是，齐威王只是听说，而没有亲身见识过，所以他很想找个机会试一试孙膑的智谋。

有一天，齐威王由田忌和其他几个大臣陪同，与孙膑一块儿来到一个山脚下。齐威王对周围的人说："你们谁有办法让我自己走到这座小山顶上去？"

可能是这道考题出得太过于特别了。一时间，大家你看看我，我看看

你，又望望那座山，均摇摇头，表示想不出什么办法。

过了一会儿，田忌说："现在正值叶落草黄，在周围点起一把大火，火及自身，陛下就得往山上走。"

"这是用火攻。"齐威王说，"也是一个办法，不过笨了点，不算好办法！"

"再就是用水淹。"一个大臣这么说。

齐威王摇了摇头，没有说话。

"要引外国军队打进来，包围起这座山，不怕大王不上去。"一个大臣在心里这样想。虽然这个想法愚笨了些，不过这个大臣还算聪明，没有把这话说出来。

大家想来想去，都想不出让齐威王自己走上山去的办法。

这时，齐威王问跟在众人身后的孙膑："你有什么办法能让我走上山吗？"

一直没有说话的孙膑，见齐威王问到自己头上，显出十分为难地说："陛下，我没有办法让你自己从山脚走到山顶上去。可是，你要在山顶上，我倒有办法让你自己走下来。"

"真的？"

"陛下不妨试一试。"

于是，齐威王由众多大臣们簇拥着，朝山顶走去。边走，齐威王边琢磨，孙膑能用什么办法让我自愿地走下来呢？大家也都边走边想，孙膑能有什么妙法呢？

等众人到了山顶，孙膑谦虚地对齐威王说："陛下，请饶恕我的冒昧，我已经让您自己走到山顶上来了。"

这时众人才恍然大悟，顿时明白了孙膑的用意。孙膑超群的智谋，最终

赢得了每个人的衷心敬佩，齐威王心中为自己能得到这样人才的辅佐而暗暗高兴。

花钱买仁义

冯谖是战国时期齐国人，家里十分贫穷，无以维持生计，他听说齐国贵族孟尝君好客，便投奔到孟尝君门下，准备做孟尝君的门客。孟尝君见了冯谖，直截了当地问："先生有什么爱好？"

"没有什么爱好。"

"有什么才能？"

"也没有才能。"

孟尝君笑了笑，没有说什么，但出于怜悯，还是把他留下了。

孟尝君手下的人看到孟尝君没有重用冯谖的打算，因此也就对他很冷淡，给他些粗茶淡饭。冯谖没有因自己穷困而变得低三下四，逆来顺受。几天后，他弹起随身带的剑，唱道："剑啊剑啊，我们走吧，这里吃饭没有鱼！"

有人把这件事报告给孟尝君，孟尝君说："让他和其他门客吃的一样。"过了不久，冯谖又弹起他的剑高声唱道："剑啊剑啊，我们走吧，这里出门没车坐！"

有人又把这件事告诉给孟尝君。孟尝君又吩咐人给他配备了马车。冯谖乘着孟尝君为他配备的马车，去拜访他的朋友，十分高兴地说："孟尝君对我十分客气。"

此后不久，孟尝君听说冯谖有个老母亲，他便经常派人给冯谖的老母亲

送食物和衣服，这使冯谖深受感动，决心不再向孟尝君索取，一心一意地等待为孟尝君效力的机会。

左右的人看到其貌不扬的冯谖不但不满足孟尝君给他的待遇，还得寸进尺，要这要那，心里对冯谖很是厌恶。

一次，孟尝君要派人到薛地去收债。问谁能去，门下食客躲躲闪闪，怕去了完不成任务。唯有冯谖自告奋勇。孟尝君高兴地说："先生果然是有才干的人！"

冯谖整理好车马行装，载好了收债的债券，临行前，问孟尝君："把债收完之后，买些什么东西回来呢？"

孟尝君想不出家里缺什么东西，就说："你看我家里缺什么就买些什么吧。"

冯谖听了这话，没再说什么就走了。冯谖到了薛地，把欠债的老百姓召集到一块。他们有的被债务压得喘不过气来，木然地站在那里；有的满脸愁容，哭哭啼啼；有的跪在冯谖面前求情，求他把要债的日期拖一拖……

冯谖摆出严肃认真的样子，对每一份债券仔细验证。验证完毕，冯谖出人意料地宣布说："孟尝君有令，所有的债钱分文不收，均赐给老百姓，债券当场烧毁。"

大家听了，简直不相信这会是真的，均认为追债人是不是精神有些问题。

冯谖宣布完后，让人立即点起火，并把所有债券投进火中。很快，债券灰飞烟灭。大家这才相信是真的，都感激得跪在地上磕头不止。

冯谖办完事后，没有做任何停留，便驾车回去向孟尝君复命。见到孟尝君后，孟尝君问道："先生办事真是神速，把债都收齐了吗？"

"全收上来了。"冯谖清楚地回答道。

"买了些什么珍贵的东西?"

"临行前,您说让我买家里缺少的东西,缺少什么呢?"冯谖摆了摆两只空手说,"我想,您家里珍宝如山,骡马成群,美女无数,都不缺少,唯一缺少的是对老百姓的恩德和仁义,我就自作主张给你买来了。"

孟尝君一时间没有领会,感到有些迷惑不解,问道:"买恩德、仁义?怎么买恩德、仁义?"

冯谖说:"你只有薛这么一块小小的封地,还想放债盘剥老百姓,这大失人心。所以我假冒您的命令,免除了这些债务,并烧了所有的债券,老百姓十分高兴,并感激不尽您的恩德,这不就是给你买了恩德和仁义吗?"

孟尝君听完,心里很不舒服,但事情已经这样了,也只好如此了。

大约一年后,齐王罢了孟尝君的官,孟尝君只好回到他的封地——薛地。当他的车马离薛还有百里远的时候,薛地的老百姓就扶老携幼,夹道欢迎他,纷纷叩头感谢他免除了他们的债务,使他们过上了幸福的生活。

孟尝君很受感动,他回头看看身后的冯谖,感慨地说:"先生您真有远见,您为我买的仁义,今天我亲眼看到了。"

曹冲称大象

魏、蜀、吴三国鼎立时期,有一次,吴国的国君孙权为了和魏国搞好关系,特意派人送给魏国丞相曹操一头大象。

大象生长在南方,江北的人只听说过,可是从来没有见到过。大象运到河南许昌那天,曹操非常高兴,就带了儿子和官员们一同去观看。

大象站在河边,又高又大,两只耳朵奔拉着,就如同两把大蒲扇。光说

腿就有大殿的柱子那么粗，人走近去比一比，还够不到它的肚子，整个大象就好比一堵墙。

大家边看边新奇地议论着。突然，曹操问："这只大象真是大，它到底有多重呢？你们谁有办法把它称一称？"

一个大臣不假思索地说："那好办，造杆大秤，称一称就知道了。"

"哪有那么长的秤杆？"有人反驳说。

"砍一棵高高的大树不就有了？"

"就是有了那样的秤，谁有那么大的力气把大象提起来？"

那个大臣被问得张口结舌，半天闭不上嘴。

又有一个人说："办法倒有一个，就是怕使不得。办法是把大象宰了，一块肉一块肉地称。"

大家听了，纷纷说："你这个办法呀，真叫笨！为了称称重量，就把大象活活地宰了，不可惜吗？这叫什么办法？"

大臣们想了许多办法，但没有一个行得通，正在众人苦思冥想之际，一个小孩站了出来，"我有一个办法可以知道这个大象的重量。"众人一看，原来是曹操最心爱的小儿子曹冲，当时他只有 6 岁。

见众人无语，曹冲接着又说，"把大象牵到一条船上，在船舷齐水的地方画一条线，然后把大象牵上岸，再把一块块石头抬到船上去，一直等船下沉到画线的地方为止。最后再把船上的石头一筐一筐称过，加起来就是大象的重量。"

众人听后，不由得连声称赞，曹操也点头微笑。曹操吩咐左右立刻准备称象，然后对大臣们说："走！咱们到河边看称象去！"

众大臣跟随曹操来到河边。河里已经停着一只大船。曹冲叫人把象牵到船上，等船身稳定了，在船舷上齐水面的地方，刻了一条记号。

然后，曹冲又叫人把象牵到岸上来，把大大小小的石头，一块一块地往船上装，船身就一点儿一点儿往下沉。等船身沉到刚才刻的那条道线和水面一样齐了，曹冲叫人停止装石头。

大臣们看到这里不由得连声称赞："好办法！好办法！"现在谁都明白，只要把船里的石头都称一下，把重量加起来，就知道象有多重了。

曹冲救库吏

一次，曹操有一具十分喜爱的马鞍被老鼠咬了几个洞。管仓库的官吏发现后，吓得魂飞魄散。他知道曹操脾气暴躁，如果知道了这件事，自己的小命肯定难保。

他想把这事主动告诉给曹操，可又担心被处死；如果不去告诉，一旦被曹操发现了，将会死得更惨。库吏左右为难，恐惧不安。手里拿着那具马鞍，痴呆呆地站在仓库里。

正在这时，曹操的小儿子曹冲正路过仓库门前。他看到库吏两眼呆滞地愣在那里，就好奇地上前问他。库吏迟疑地将这件事说给了曹冲听。

曹冲富有同情心，他心想："库吏平日勤勤恳恳，小心谨慎，老鼠咬坏马鞍，有时是不可避免的，不能怪罪他，更不能让他因此而丧命。"

想到这儿，曹冲考虑片刻，对库吏说："不必害怕，我给你想了个办法。明天上午，你拿着马鞍去向我父亲自首请罪，他不会处死你的。"

库吏听后，知道遇到了救星，他连忙跪在地上给曹冲磕头，千恩万谢。

曹冲快速返回到自己的卧室，叫侍从找来一件崭新的内衣，用小刀把内衣连戳了几个洞，做成被老鼠咬破的样子。

第二天清早，侍从叫他吃饭，他摇摇头，一副不开心的样子。侍从问他哪里不舒服，他也一言不发。侍从急忙将情况报告给曹操。

对于这个聪慧过人的小儿子，曹操自然疼爱有加。听说后，立即来探望，再三询问宝贝儿子为什么不开心。

"我的衣服被老鼠咬了几个洞。"曹冲闷闷不乐地说，并把那件内衣扔在曹操面前。

"就这个事情啊，这有什么可闷闷不乐的，这种情况很正常的，不必大惊小怪的！"曹操安慰着曹冲。

"我听人说，老鼠咬坏衣服，那衣服的主人要倒霉的。"曹冲内心忧虑地说，"现在我的衣服被咬破了，我也怕有什么厄运落在头上。"

"别听那些无稽之谈！"曹操宽慰儿子说，"老鼠咬坏东西那是常有的事，有什么吉祥不吉祥！不必为此事苦恼自己。"

"父王说得对，全是无稽之谈！"曹冲有意强调说，"我再不相信这些无稽之谈了，请父王放心。"

曹操放心地离开了。曹操走后，曹冲立即去告诉库吏，要他马上去向曹操请罪。

不一会儿，库吏双手捧着被老鼠咬坏的马鞍，来向曹操报告。库吏跪在大堂上，不停地叩头请罪。

曹操听完后，顿时火气就上来了，他觉得这是件很不吉利的事情，库吏理应受到严厉的惩罚。他刚要令人将这个失职的官吏推出去斩首，可是当看到刚刚进来坐在一旁的儿子曹冲时，他又把这个念头强按下去了，因为他想起了刚才自己开导曹冲的话。

"好了，我儿子的衣服挂在床边尚且被老鼠咬了，何况在仓库里挂着的马鞍呢！一具马鞍而已，往后多留心点就是了。"曹操说。

听完曹操的话，坐在一旁的曹冲，笑了笑没有说话。从死神中逃脱了的库吏急忙叩头谢罪，捧着那具马鞍退出了大堂。

诸葛亮借箭

三国时期，有一次，东吴的都督周瑜请东吴大臣鲁肃把蜀国军师诸葛亮请到帐下，商量共同对付曹操的事。

周瑜问诸葛亮："很快就要与曹操开战了，这次是在水上用兵，先生您看用什么兵器最好？"

诸葛亮回答道："大江之上，自然用弓箭最好了。"

周瑜说："先生见解果然高明，与我的意思也相吻合。但是，我军缺乏弓箭，公瑾想请先生督造十万支箭，还望先生不要推辞。"

诸葛亮回答说："周都督委托我办事，我是一定要照办的。只是不知十万支箭，何时要用？"

周瑜说："十天之内。一天一万支，不知能不能做好？"

诸葛亮听着，微微蹙起眉头，他沉思片刻，说："曹操的军队马上就到了，再拖十天，定然要误大事。这样吧，给我三天的时间，你就可以拿到十万支箭。"

周瑜听完诸葛亮的话后有些不高兴，严肃地说道："军机大事，岂能儿戏！"

诸葛亮说："鄙人岂敢拿军机大事开玩笑！我可立军令状，三天办不到，甘受重罚！"

周瑜本来就嫉妒诸葛亮的才能，听了诸葛亮的话大喜。

诸葛亮说："从明天起，到第三天，可派五百人到江边搬箭。"说完，起身离去了。

诸葛亮走后，鲁肃对周瑜说："诸葛亮是怎么回事？三天造十万只箭，不用说三天造十万支箭，就是造一万支也不一定能做得到啊！"

周瑜说："诸葛亮聪明过人，见识超过我十倍，对我东吴来说是个极大的威胁，决不可留！我早有意杀掉他，今天他还立下军令状，真是天赐良机啊！你要叫匠人们故意拖延，凡要用的东西，都不要准备全。这样，误了日期，按军令状问罪，让他死而无怨！"

遵照周瑜的吩咐，鲁肃到了诸葛亮帐下。第一天，不见诸葛亮有什么动静；第二天，仍不见有什么动静。鲁肃非常纳闷：还有一天时间，什么事都没做，怎么能制出十万支箭来呢？

到第三天的下半夜，诸葛亮把鲁肃请到船内说："请你一同前去取箭。"鲁肃被弄得糊里糊涂，只默默地看着诸葛亮行事。

诸葛亮命令把准备好的二十只船，用铁索连在一起，然后，一起向江北曹操的营地驶去。船上都扎满草把子，并用黑布围上。

那晚夜色浓重，大雾迷漫。船逼近曹军营寨时，诸葛亮叫把船头朝西尾朝东，一字摆开，擂鼓呐喊。

听到突如其来的鼓声和呐喊声，不明所以的曹操军营里，顿时人声嘈杂，乱作一团。曹操也不明白对方来了多少人马，只好传出命令："雾气茫茫，敌人必有埋伏，决不可轻举妄动。可拨水军乱箭射之。"

命令一传出，很快就有一万多人，慌忙向江中影影绰绰的船影射去。箭像雨点似的落在船上的草把子上。

过了一会儿，诸葛亮又叫把船掉过头来，叫士兵更加用力地擂鼓呐喊。曹军的箭射得更猛了。

太阳渐渐升了起来，迷雾慢慢散开。这时，诸葛亮命令各船迅速返回南岸。

船刚刚到达岸边，周瑜派出取箭的五百人也恰好赶到江边。诸葛亮叫他们上船取箭。他们把箭一一从草把子上拔下来，过数之后，发现竟然有十多万支。

箭很快被送到周瑜帐下，周瑜惊奇万分。鲁肃把诸葛亮浓雾中"草船借箭"的事告诉给周瑜，周瑜听后，惊叹道："诸葛亮真乃神机妙算，是天下少有的人才啊！"

顾恺之捐钱

东晋兴宁年间，太湖附近要修建一所庙宇，需要大量的钱财，和尚们就到处募捐。老百姓认为这是积德行善的事也都纷纷响应，都力所能及地捐些财物，只是因生活贫困，寻常百姓都捐不了多少，而那些大官和豪绅们也只是象征性地比老百姓多捐多一点。所以所募钱财离修建庙宇所需相差甚大。

有一天，和尚向大画家顾恺之募捐，顾恺之很豪爽地在捐款簿上写了一万两。

顾恺之虽然是个大画家，但并不是有钱人，因此有些人就为他担心，甚至认为他只是说说大话，装样子。

一天，和尚们按照顾恺之所说的捐款数前去收款。

"用不着来我这儿收钱，钱就在你们的寺庙里。"顾恺之说，"你们在寺里粉刷出一面白墙壁，钱就能从白墙壁上长出来。"

和尚们以为顾恺之在说笑话，可看他说话的神态和口气十分认真，再加

上顾恺之的名声，他们虽然丈二和尚——摸不着头脑，但还是照着顾恺之的话去做了。

和尚们在寺庙里刷出了一面白墙。刷好后通知了顾恺之。顾恺之来到后便把寺门关起来，吃喝由和尚送到里面。顾恺之整整用了一个月的时间，在那面白墙上画成一尊大佛像。画到只剩下点眼珠的时候，顾恺之把和尚叫到面前说："明天你们可以打开寺门，让人进来瞻仰。第一天来的，每人捐十两；第二天来的，每人捐五两；第三天来的，任他们随便捐。"

说完，顾恺之为大佛像点上眼睛，然后就走了。

顾恺之关起寺门画佛像，在人们中间迅速流传开了。特别是那些大官、豪绅，早就憋不住了，都盼望早一天能看到大画家顾恺之亲笔画的佛像。

这天清晨，和尚们把寺门打开了。前来观看的人，从早到晚，络绎不绝。没出三天，和尚就收到了一万两银子。

当官的闲着

何易于是唐文宗大和年间（827～835 年）任职县令于益昌（今四川广元市南）。何易于为官清正，处处为百姓着想。

何易于刚上任不久，就接到顶头上司刺史崔朴的一个手令。打开一看，何易于又气愤又感到为难。

原来，刺史崔朴每年都要赏春野游，登山玩水，大宴宾客。这年春天，他特意造了一条龙头大船，请来亲戚朋友，在船上摆上山珍海味，先沿嘉陵江逆流而上，然后再顺流而下。游船经过哪个县，哪个县不但要拿出最好的酒菜侍候，而且还要调老百姓去拉纤。

这一年春游，游船要经过益昌县，刺史崔朴的手令要何易于马上调人去为他的龙头大船拉纤。

何易于是个正直有责任心的好官。他知道这个土地肥沃，水源丰富的好地方。老百姓生活困苦的根源就是朝廷繁重的苛捐杂税和劳役。

对此，何易于心里十分焦急。他心里暗想："为官一任，造福一方，我来治理这个地方，就该为这里的老百姓办几件好事，不能吃在这个地方，喝在这个地方，还祸害这个地方，留下一个恶名。"

可是，现在他又接到这样一个手令！把手令撕掉，硬顶回去吧，怕是不仅顶不住，还会遭到刺史的陷害。如果按照手令去做，调人去拉纤，他又不忍，他不愿意为了求得上司的欢心，而再给本已苦难不堪的老百姓雪上加霜。

他考虑再三，对那个来送手令的差役说："你回去告诉刺史大人，拉纤的人马上就到。"

把差役打发走，何易于脱掉蟒袍，把笏板往腰间一插，就去见崔朴了。

刺史崔朴看到何易于这个样子，迷惑不解地问："你打扮成这个样子，来干什么？"

"我亲自来为刺史大人拉纤。"

崔朴吃了一惊，说："你是一县之主，老百姓任你驱使，你怎么不调人来拉，你自己倒来了？这岂不失了身份？"

何易于回答说："眼下时节正赶上春暖花开，耕种、养蚕，老百姓忙得气都喘不过来，哪有空来拉纤？只有我这个当官的，闲着没事干，可以为您效劳，供您驱使。"

刺史崔朴和他的那些衣冠楚楚的宾客听了这话，顿时羞愧难言，面红耳赤。崔朴也觉得脸上挂不住，他赶紧命令船夫，迅速将船驶离益昌境地。

何易于以县父母官的身份亲自拉纤的事很快在全县传开了，老百姓为能有这样的父母官感到高兴，何易于被全县的老百姓称之为"拉纤的县令"。

和尚"捞"铁牛

北宋时期，一天清早，山西永济县城门口贴出一张"招贤榜"。"招贤榜"白纸黑字，分外惹眼。"招贤榜"一贴出，立刻吸引了过往的行人。人们都想知道又出了什么新鲜事，都凑了过来看热闹，识字的人轻声读出榜上文字：

"黄河泛滥，城外浮桥被冲毁，两岸拴浮桥的八头大铁牛亦被卷入水中。为重建浮桥，镇住洪水，凡能将铁牛一一捞出者，赏银千两……"

大家边听边议论。一个个说："赏银千两，够多的，可那铁牛足有千斤重，谁有提千斤的力量？难啊！"另一个说："除非等河里的水干了，叫上几百人去抬，也许能行。"

这时，有一个穿着宽大的法衣，面容清瘦的和尚从后面挤上前来。他仰着脸，微微翕动着嘴唇，从头至尾把"招贤榜"看了两遍。然后，捋起衣袖，上前一伸手把榜揭下，接着把榜慢慢叠起来。

周围的人先是一阵惊疑的沉默，接着便骚动起来。看着和尚那清瘦的面孔，单薄的身躯，有个人禁不住走上前去问：

"师父，你这是想去捞铁牛吗？"

和尚没有言语，而是扭头看了看问他的人。

"一头铁牛几千斤重，八头铁牛就有几万斤，怎么能捞，除非有神仙帮忙！"有人好心地提醒道。

和尚一听，笑了，说："哪里有神仙帮忙！铁牛是被水冲走的，我就再让水把它们送上来。"

和尚的举动本来就让大家觉得很神秘，他又说这话，更叫人摸不着头脑了，几千斤的铁牛沉在河底，怎么能让水把它送上来呢？

几天后，和尚和几个人运了两只木船，还有其他一些东西到河边。他首先叫人把两只木船并排拴在一起，中间留出一个空隙，两船之间横着捆上一根碗口粗细的木棍子。又叫人在两只木船上装满泥沙，使船舷和水面几乎平齐。然后，把船划到铁牛沉没的地方，让人带着绳索潜到水底，把绳的一头绑在铁牛上，另一头拉紧，绑在两船之间的木棍子上。

这时，和尚叫人把船里的泥沙一锹一锹扔到河里去。慢慢地，船舷离开了水面，绳索勒得嘎巴嘎巴响。等船里的泥沙全部卸光，船"吃水"很浅时，沉在河底的铁牛就被提了起来，吊在水中。几个人再划着双船，把铁牛拖到新建浮桥的地方。

就这样，一次又一次，八个大铁牛还没露出水面，就全都被拖运到了新建浮桥的地方了。聪明的和尚借助水的浮力将沉在水底的铁牛捞起，并运到目的地。这个聪明的和尚，就是北宋有名的工程家怀丙。

寇准训员外

寇准是北宋时期著名的政治家、诗人，太平兴国五年，寇准出任大名府成安县知县。

秋日的一天，天气晴朗，阳光融融。寇准到下面巡视了一圈儿，正颤巍巍地坐在小轿里回县城去。忽然，他隐隐约约听见外面有哭声。寇准忙叫轿

夫停下来，他掀开轿帘，往外一看，是一位教书先生模样的人坐在路旁一个小铺盖卷上，垂着头伤心地哭泣。寇准心生好奇，就叫随从上前询问发生了什么事。

随从走上前问道："老先生，为什么在这里伤心落泪？"

那个教书模样的老先生抬起头看了看，嘴唇颤动着没说出话来。

"寇大人在此，有什么冤情可以直说。"

教书先生模样的人一听说寇大人在，急忙抹去眼泪，转身跪在轿前。他早就闻听寇大人是个秉公办事、为民做主的好官，就把自己的冤屈向寇准诉说了一遍。

原来，教书先生模样的人在一个刁钻吝啬的员外家教书。他明明知道员外的小儿子天宝顽皮任性，再加上父母娇惯，很难管教，有几个先生去教过，都没干多久，就被员外找个借口打发走了，但是为了糊口，他又不得不接受员外的聘请。

一连教了三年。这天，员外和儿子天宝一起走进书房。老先生感到有些奇怪，平素是很少见到员外的。只见员外板着面孔，要他儿子在纸上写了一个字，然后递给他，问这是个什么字。

老先生一看傻了眼，原来竟是个"井"字，可是井字中间加一点。他可从来没见过这么个怪字，顿时显出惶悚的神色，摇了摇头，表示不认识。

"这是投石下井的声音，念'咘'。连这么个字都不认识，还有什么资格充当老师？"天宝用讥讽的口气说，转脸又对他父亲说，"我不让他教了，让他走吧！"

老先生哪里受得了这样的欺侮，一气之下，当即卷起铺盖告辞了。走到半路，想到自己三年来辛辛苦苦，竟落了这样一个下场，禁不住伤心地哭起来。

听老先生这么一描述，寇准随即知道是员外自己造了一个字，捉弄老先

生，用这个办法把他撵走。寇准想了想，随后对几个随从做了吩咐，便回到了县城。

遵照寇准的命令，衙役将员外和他的儿子天宝带到县衙大堂，寇准对员外的儿子天宝说："本县令听闻你年少才高，特向你请教一个字。"寇准说完，提笔写了一个字，叫人送给天宝看。天宝看了摇头表示不认识。

寇准沉下脸来，喝道："连这个字都不认识，还敢称才高，来人，先打十大板！"

天宝被扒下裤子，还没打几下，就大声哀叫起来。寇准叫住手，再让天宝认那个字，他还是不认识。

"这个字都不认识，看来儿子不如老子，这个字，员外肯定能认识。"寇准又让人把这个字拿给员外看。员外横看竖看，也张口结舌地说不上来。

"连如此简单的字都不认识，真不愧是父子，来人啊，重打四十大板！"寇准高声喊道。

员外被摁在大堂上，重重地打了几下。寇准又叫住手，让员外再认那个字。员外一脸愁容摇摇头说："还是不认识。"

寇准问员外："这字上面是什么？"

"是竹。"

"下面呢？"

"是肉。"

寇准哈哈大笑，说："上竹下肉，用竹板子打肉，这个字就是竹板子打肉的声音，和'井'字中间点一点是投石落井的声音一样，也念'啪'。你们说是不是？竹板子打在你的屁股上还不认得，看来还得重重地打！"

员外和儿子天宝这才猛然醒悟过来，连连向寇准磕头求饶。

寇准想了想，说道："看在你父子真心求饶的份上，这四十大板暂且存着，不过，要把这个字带回去，好好保存，不得撕毁，不得丢失。而且，还要给老先生去赔礼道歉。以后如再欺侮、戏弄教书先生，定打不饶！"

听完这番话，员外父子连声跪地表示感谢，对所提的条件一一应允，然后父子相互搀扶着狼狈离开县衙。

海瑞以真当假

明嘉靖二十八年（1549年），广东琼山考生海瑞参加乡试中举，初任福建南平教谕，后升任浙江淳安知县。海瑞在任期间，屡平冤假错案，打击贪官污吏，深得民心。

有一天，海瑞的顶头上司浙、闽总督胡宗宪的儿子带着一帮人到淳安县来游玩。海瑞嘱咐县里管接待的冯驿丞："按照朝廷的规定，本来不应该接待的，不过既然他们来了，就让他们住下，按正常的一日三餐的标准接待就行了。如果他们仗着胡宗宪的权势，滋事胡闹，你们要及时告诉我。"

骄横惯了的胡公子在淳安县住下后，穿上华丽的衣服，领着手下人在街道上东游西逛，横冲直撞。开饭时，一看没有摆下酒席，他便非常震怒，大发雷霆："这种东西是请我吃的吗！是不是不想活了！"说完伸手把饭桌掀了。

冯驿丞虽然很生气，但又不得不陪着小心地说："这饭菜比我们'海大人'吃的好多了。"

胡公子一听'海大人'三个字，更是火冒三丈，破口大骂："哼，想拿小小的七品芝麻官吓我，告诉你，我是胡总督的公子，知道吗？小小的七品芝麻官算什么东西！"叫嚣完，他叫手下人把冯驿丞捆起来，乱打了一顿。

海瑞知道了这件事，立即叫衙役把胡宗宪的儿子及其手下家丁绑起来，押送到县衙。

海瑞升堂开始处理此事。胡公子蛮横地说："我是浙、闽总督的儿子，你们不要有眼不识泰山，这事要是让我老子知道了，别说你的乌纱帽保不住，怕是连性命也难保。"

海瑞心里想："胡宗宪素日里仗势欺人，目无王法，营私舞弊，儿子就目无法规，胡作非为。我岂能饶你！"可他嘴上却和气地说："你可知道朝中严嵩太师曾夸奖胡大人奉公守法吗？"

愚蠢的胡公子一听更加神气了，大声说："你既然知道这其中的利害关系，就该马上松绑，摆宴赔罪。"

"赔罪？总督是个清廉的大臣。他早有吩咐，要各县招待过往官吏，不得铺张浪费。现在你这个花花公子，排场阔绰，态度骄横，不会是胡大人的公子，一定是冒充公子，到本县来招摇撞骗的。"说罢，海瑞将惊堂木一拍，大声喝道："左右，将这歹徒痛打四十大板！"

一声令下，只听噼噼啪啪一阵响，胡公子被打得龇牙咧嘴，来回翻滚，像猪似的号叫不止。

有一个胡宗宪的家奴，为了讨好胡公子，对海瑞威胁说："我们随公子出游，总督大人还写了亲笔信，可不是冒充的。胡大人要怪罪下来，怕你后悔也晚了。"

海瑞一听，又把惊堂木重重地一拍，说："你们好大胆，还敢假造胡大人的信件，再重打四十大板。"

胡公子一伙，吓得魂不附体，跪在地上，连连磕头求饶。海瑞看了看，就叫衙役住手，然后下令："把这伙胆大妄为的'冒充官亲'的匪类都关进牢房。"

当晚，海瑞给总督府写了一个公文，公文上说明淳安县查办了一起冒充胡大人亲属的案件，特别提到这伙歹徒伪造了总督府的朱印信件，要求严加惩办。接着就命人带着公文，押着犯人，连夜解往总督府。

把将这伙人押走后，县衙门的一些官吏告诉海瑞，这胡公子的确是胡总督的儿子。海瑞说："我自然知道，但正因为这样，我才说他是假冒的，要不，怎能惩办这伙歹徒，这四十大板也就打不成了。"

这些官吏们听了，恍然大悟，个个钦佩"海大人"的智谋，可同时又为他捏着一把汗，担心胡宗宪不肯善罢甘休。

胡公子回到总督府见到胡宗宪，像得了救似的，他要求胡宗宪狠狠地治一治海瑞，为他报仇雪恨。总督夫人看到儿子被打成这个样子，痛哭流涕地威逼丈夫："亏你还是个堂堂总督，儿子叫一个芝麻官打得皮开肉绽，你要治不了海瑞，看往后你的脸往哪儿搁！"

胡宗宪看完海瑞的公文，真是又气又恨，但又无可奈何。胡宗宪明知道儿子吃了大亏，但是海瑞信里没牵连到他，如果把这件事声张起来，反而失了自己的体面，就只好打落门牙往肚子里咽了。

他对夫人说："你个妇道人家，懂得什么！他说他办的是冒充官亲的游民，是一伙为非作歹的无赖之徒。要是把事情说穿了，那不是自己打自己的脸吗？我看这个亏就认了吧！"

李方膺画风

李方膺江苏南通人，是清代有名的画家，以画梅花、松、竹最为著名。

有一次，他到一个朋友家里做客。来这里做客的人很多，很多人也都彼此相识，大家凑到一块，天南海北，无所不谈。谈着谈着，话题就转到绘画

上了，其中有一个人说："世界上什么东西都好画，但是有一种东西画不来。"

大家被这个话题吸引住了，纷纷都问是什么东西。这个人带着神秘的口吻，轻轻吐出一个字："风"。

大家听了沉吟不语，然后纷纷表示他说的很有道理。因为风，虚无缥缈，无影无踪，既看不到，也抓不着。

这时，一直沉默不语的李方膺却说："也不见得，风也能画。"

在场的人都十分好奇，纷纷催促李方膺，当场给画一张"风"。

李方膺没有推辞，他铺好纸，润好笔，静思片刻，俯身画起来。时间不长，他抬起身来，大家见他果然把"风"画出来了。

只见画面上有一簇坚韧茂密的竹子，很用力地向一边倾斜着。这幅画让人一看，就能强烈地感到好像有一股狂风正在呼啸着吹过，还似乎能听到竹叶互相摩擦的"沙沙"声。

无形的风，让李方膺画得好像看得见、摸得着了。在场的人都连声称赞李方膺的画技，纷纷竖起大拇指。

李方膺当时给这幅画起了个名字，叫"风竹图"，还题了一首诗："画史从来不画风，我于难处夺天工，请看尺幅潇湘竹，满耳叮咚万玉空。"

海中捞大炮

有一年，清政府从国外买了一门大炮。这门大炮十分大，重达三千多斤。大炮被装在一只木帆船上运回，另外有两只船护卫着，真可谓霸气十足。

可是天有不测风云，当船行到东海海面，忽然遇上了台风。平静的海面顷刻间怒涛滚滚，山一样的海浪迎头扑来。载炮的船很快就被打沉了。护卫

的两只船，一只被打得七零八落，沉到了海底，另一只里面灌满了水，半浮在海面上。船上几十人只有十几人死里逃生，其余全被无情的大海吞噬了。

大清皇帝知道后，没有考虑实际情况，便下了一道圣旨："限定在十天内把大炮捞上来。"

失事海域的海水有三四丈深，怎么才能把沉到海底的三千多斤重的大炮捞上来呢？

负责打捞的水手，绞尽脑汁也想不出合适的办法。他们都很清楚，不按期捞上大炮，便违背了圣旨，自己的项上人头也就保不住了。

时间一天天过去了，直到第七天晚上，几个水手也没有想出一个好主意。剩最后三天了，十几名水手又坐船到大炮沉没的海面上。

水手中有个叫任昭材的，他和另外几个人跳到那只船舷刚刚露出水面的船上，一边用桶往外舀水，一边想捞大炮的办法。

船舱里的水被慢慢舀干了，船舷渐渐离开水面，升了起来。站在船头的任昭材高兴地叫了起来："我想到办法了。"

任昭材让伙伴们调集来了八只大木船，让后分成四组，每组两只，其中一只装满沙子，吃水很深，一只则空着。

八只木船一齐排列到沉船的海面上。任昭材拿了八根粗实的绳索，和几个水手潜到海底，把绳索的一头分别拴在沉船的船头和船尾上，另一头分别拉紧，拴在八只木船上。

然后，任昭材和水手们一起，把船上的沙子，一担一担挑到空着的四只船上。原来装沙子的四只木船，船舷和水面几乎平了，沙子卸掉后，船舷渐渐升高，拴在船上的绳索从海里被拖出一截，海底的沉船自然也就让绳索给提上一段来。

原来空着的四只木船，因装满了沙子，渐渐下沉，拴在上面的四根绳索

变松了。任昭材叫人把松了的绳索拉紧，拴牢。再把沙子挑回到原来就装着沙子的船上。

这四只船因为沙子卸掉了，又渐渐升高。拴在船上的四根绳索从海里又被拖出一截，海底的沉船让绳索又给提上一段来。

就这样，木船上的沙子每倒换一次，沉船就让绳索拉高几尺。整整用了三天时间，倒换了多次，就在圣旨限定的最后一天，装着大炮的沉船露出了水面。

三千多斤的大炮终于被捞上来了，水手们也避免了杀头之罪。

埋在地里的黄金

很久以前，有一个农家老汉，一辈子勤勤恳恳，吃苦耐劳。他有两个儿子，他的这两个儿子与老汉恰恰相反，整天游手好闲，好吃懒做。

开始，老汉一家的日子过得还算富裕。慢慢地，老汉上年纪了，力气渐渐衰微了，日子也越过越艰难。可两个儿子依旧好吃懒做，不愿意到地里去干活。

一天，老汉病倒了，他的老伴愁容满面，暗暗地掉眼泪。她对老汉说："养了这么两个好吃懒做的儿子，往后的日子可怎么过啊！"

老汉躺在床上，心里默默想着家里今后的日子。他望着床前哭泣的老伴，想着怎样才能让不争气的儿子勤勤恳恳地过日子。

几天后，老汉知道自己不行了，临终前，他把两个儿子叫到跟前，说："孩子，我不行了。我为你俩攒了十两黄金，埋在村西咱家老榆树底下那块地里。找到那十两黄金，你们今后的日子就好过了。"

兄弟两人含着眼泪埋葬了父亲，然后争先恐后来到村西那块地里去找黄金了。

地里荒芜一片。弟兄俩咬紧牙关，一连刨了五天，手上起了一串串血泡。地翻了二三尺深，连坚硬的田边地角也翻了个遍，但还是没有找到那十两黄金。

"到底埋在哪里了呢？"弟兄俩边刨边琢磨。心里都在埋怨死去的父亲不该糊糊涂涂把金子埋在这么一大片地里，找起来这么费劲。

刨着刨着，弟兄俩慢慢泄气了。哥哥说："弟弟，看来金子是一时也找不到了，眼下正是播种季节，倒不如顺便先撒上麦种，等明年再说吧。"

弟弟表示同意。两人把麦种撒在松软、湿润的地里。

转眼间，六七天的时间过去了，麦苗钻出地面，麦叶上滚着晶莹的露珠，十分漂亮。转过年，麦苗长得绿油油的，清风一过，层层麦浪十分喜人。

望着这绿油油的麦田，弟兄俩十分高兴，也就格外用心地给麦田锄草、上粪。

夏秋季节，麦子成熟了，弟兄俩把金黄的麦子收割下来，留下口粮、种子，其余的就推到集上去卖，正好卖了十两黄金。

这时候，兄弟俩几乎同时想起父亲临死前说的话，一下子都明白过来，知道埋在地里的"十两黄金"是怎么回事了。

从此以后，弟兄俩一改以前游手好闲、好吃懒做的坏习惯，变得同他父亲一样勤勤恳恳，吃苦耐劳，兄弟俩的日子也过得越来越红火。

无声胜有声

从前，某地，一天中午，天气燥热。一个面容清瘦的穷苦老汉风尘仆仆

地赶路，他又渴又饿，见路边有一棵树，就停了下来，把马拴在树上。然后，坐下来从包裹里拿出水和干粮，大口地吃起来。

这时，一个肥胖的富人也路过这里，他也走累了，想停下来歇歇，便把马也拴在了那棵树上。

见此，穷老汉赶忙制止说："我的马性子烈，没有驯服好，拴在一块，它会把你的马踢死的，你还是另外找一棵树吧。"

富人没有理会穷老汉的话，反而非常蛮横地瞪了老汉一眼，好像嫌老汉多事似的。

老汉又重复了一遍。富人依旧没有理睬，还大模大样地坐下来乘凉。

没过多久，两匹马又踢又咬，厮打了起来。那棵树被摇晃得哗哗直响。两个人急忙跑过去，想把它俩拉开，可是根本无法靠近。功夫不长，富人的那匹马就被踢死了。

"你必须赔我一匹马，而且必须是一匹上等的好马！"富人冲着老汉高声叫喊，摩拳擦掌，想要对老汉动手。

"让我赔你的马，休想！我事先已经给你说过了，你不听，现在还反过来要我赔，你还讲理吗？"老汉并不示弱，铿锵有力地说道。

富人哪肯善罢甘休，他拉扯着老汉一块儿去见法官。

"他的马无缘无故地踢死了我的马。踢死我的马，当然应该赔偿，这是我们法律上讲的。"在法官面前，富人诉苦道。

"是你的马踢死了他的马吗？"法官用严厉的口气问老汉。

令人奇怪的是，老汉只眨巴眨巴眼，却没有说话，好像没听到似的。

"你怎么不说话呢？我问你，是你的马踢死了他的马吗？"法官又提高了声音问。

老汉还是只眨巴眨巴眼睛，没有吱声。

"哦，这就难办了，他原来是个哑巴。"法官无奈地对那个富商说。

"不！他不是哑巴。他是装的！"富人激动起来，说，"刚才他还跟我讲过话呢。"

"哦，是吗，他对你讲的什么？"法官问富人。

富人说："他跟我说，'不要把马和我的马拴在一棵树上，我的马性子烈，还没驯服，会踢死我的马的。'"

"哦，那事情很明了了，你是无理的。"法官用判决的口气说，"老汉不应该赔你马。"

富人很激动，又说了许多话，可法官只是摇头。法官问老汉："你为什么要装哑巴，不回答我的问话呢？"

这次，老汉说话了："让他自己把事情的真相告诉您，不是比我讲更有说服力吗？"

折不断的十九支箭

吐谷浑王国是我国青海北部、新疆东南部的一个古王国，阿柴是这个王国的国王。阿柴国王领导本国人民抵抗外来的侵略，鼓励人民发展生产。在他的领导下，人民过上了富裕的生活，他也深受人民的爱戴。

阿柴年纪大了，后来病倒在床榻上。他不怕死，最放心不下的是整个吐谷浑族未来的命运。

一天，阿柴把同胞兄弟慕利延叫到身边。慕利延一心一意协助哥哥阿柴治理国家，是阿柴的得力帮手。

"我的病越来越重了，看来是不行了。"阿柴心情十分沉重地说，"治国

安邦，团结为本。我们这一代同心同德……就怕后代……"阿柴气喘得说不下去了。

"我也为这件事殚精竭虑，满朝文武也为此而担心。"慕利延忧心忡忡地说。

停了停，阿柴说："我这一辈子喜欢武功，东征西战，如今就要离开这个世界了，请你把我那些儿子都找来，让他们每人送给我一支箭，好让我在那个世界也享受享受弯弓射箭的乐趣。"

遵照阿柴的意愿，慕利延把阿柴的二十个儿子叫到阿柴身边，并让他们每人献给阿柴一支箭。

见到这二十个儿子，阿柴好像突然焕发了精神似的，他抬起头用严肃的目光看过每一个儿子。然后对弟弟慕利延说："你拿一支箭折断它。"

慕利延顺从地拿起一支箭，毫不费力地折断了。

阿柴淡淡地一笑，又说："你把剩下的十九支箭合在一起折断它。"

慕利延拿起了剩下的十九支箭，几乎拼尽全身力气，折了几次，也没折断。

"你让他们每个人都折一折，每个人都要用力。"阿柴对慕利延说。

慕利延把合在一起的十九支箭递给阿柴的二十个儿子，让他们每个人都用力地折。每个王子都使出了全力，但谁也折不断这十九支箭。

"知道我为什么要你们这么做吗？"阿柴喘息着，断断续续地说，"一支箭是很容易折断的，但是许多支箭合在一起就很难折断了。我死后，你们要同心协力，团结一致，只有这样，才能使国家巩固，老百姓才能安居乐业。你们……你们要铭刻在心……铭刻在……"说到这里，阿柴无力地低下了头，停止了呼吸。

在为国王阿柴举行完隆重的葬礼后，慕利延把那二十支箭，其中有一支折断的、十九支没有折断的捆在一起悬挂在王宫的大厅里，让人们时时见到

它，铭记国王临终前的教诲。

用驴找鞍

唐朝时，河南的河阳县，因为交通比较便利，所以集市贸易十分兴旺。每次赶集，来河阳赶集的人人流如梭，络绎不绝。

这一天，一个远方客商到河阳来卖东西。中午时分，集市快散了，他的东西也卖光了。他找了一家小饭店，把小毛驴拴在外面，走进店里，要酒要菜，美美地吃了一顿，吃完饭后，又休息了一会儿，然后结账准备上路了。

他走出饭店一看，门旁边拴着的小毛驴不见了。只有半截被割断的缰绳留在树桩上。客商顿时着急起来，他四处打听、寻找。一直找到傍晚，也没能找到小毛驴。

客商没有办法，不得不住下，第二天继续寻找。又找了两天，还是没找到。万般无奈，客商只好将这情况报告给了官府。

河阳县县令叫张鹭，他了解清楚情况后，立即命令差役把寻找丢失毛驴的告示张贴在各主要街口，告诉偷驴的人把驴赶快放出来，并号召知情人到官府告发。

告示贴出的头一天，没什么动静。第二天，张鹭又叫差役把寻驴告示贴进大街小巷，声言要进行搜查。因为追查的风声越来越紧，私藏客商毛驴的人担心事情败露，就在晚上把藏匿的毛驴悄悄地放了出来。

这天早晨，客商在大街上忽然见到了自己丢失几天的毛驴，心里十分高兴，但他找到差役说："还有一个新鞍子备在驴身上，现在不见了，准是叫偷驴的人藏下了。"

"驴找到就行了，一个鞍子才值几个钱！不要找了!"一个差役很不耐烦。

"驴鞍子是个死东西，不能像驴那样会自己走出来。再说，鞍子那么个小玩意，藏起来，很难找到，我看还是算了吧。"另一个差役也劝说客商。

说归说，差役还是把这一情况如实报告给了张鷟。张鷟知道后却说："既然毛驴找到了，驴鞍自然就有线索可寻了。"

他当即叫两个差役去看管住那只失而复得的毛驴，并再三嘱咐不要给毛驴喂料。从早到晚，毛驴一天没吃东西，饿得直叫，四蹄乱蹬。天刚刚黑下来，张鷟就命令差役将毛驴的缰绳解开，让它任意走动，然后让差役远远地跟随在毛驴后面。

毛驴又饥又渴，急匆匆地向这几天饲养它的那一家走去。差役跟着进去，就地搜查，果真在那家的草垛下面找到了驴鞍子。差役当即把偷驴的人押进了县府的公堂。经审问，这个人承认了偷窃毛驴并将其藏匿的事。

这件事像风一样，很快传遍了河阳城的大街小巷，人们都十分佩服县令张鷟的过人智谋。

一百棍的礼物

很久以前，有一个国王微服私访，在街上他遇到一群放学回家的孩子。孩子们很有礼貌地向国王打招呼，国王微笑着向他们点头示意。

国王发现在这群孩子中，有一个小男孩非常招人喜爱，于是就叫住他，问他学什么课程，老师叫什么名字。小男孩如实作答，国王听了很是高兴，掏出一枚金币送给了小男孩。

面对金币，小男孩却摇头表示不要。国王感到有些奇怪，就问他为什么

不要。小男孩说："我怕妈妈怀疑是我从哪儿偷来的钱。"

"哦，这样，你把钱收下，然后告诉你妈妈，这钱是国王送给你的。"

"那也不行。"小男孩坚定地说，"妈妈会讲，如果是国王要奖赏你的，肯定不止一个，其余的都藏到哪去了？"

国王一听，哈哈大笑起来，马上又掏出一大把金币，送给小男孩，并且约他到王宫里去玩。

到了约定的日期，小男孩如约前往王宫去见国王。可是，看守王宫的卫士却始终都不放小男孩进去。无论小男孩如何哀求，卫士都无动于衷。

没有办法，小男孩便把国王怎样送给他金币，怎样约他进宫的事，向这个守卫详细地说了一遍。

守门的卫士刚开始不信，但一听到"金币"，眼睛就放射出贪婪的光芒，然后对小男孩客气起来，笑嘻嘻地说："如果你说的是真的，那我放你进去。不过，我帮了你的忙，国王再赏给你什么礼物，可得分给我。"

"当然可以。无论国王奖我什么礼物，我只拿百分之一，其余都给你。"

"真的，说话算数！记得你只拿百分之一！"卫士一边说一边打开宫门。

小男孩进入王宫，来到大殿见到了国王。国王很高兴，就问他一些历史知识和国家近几年发生的几件事，小男孩对答如流，非常熟悉。国王感到惊异，决定再送给他一些礼物。他问小男孩希望得到什么礼物。

令国王和众大臣没有想到的是，小男孩要求在他身上打一百棍。国王十分奇怪，以为是小孩子不懂事，于是叫他收回这个请求。小男孩却硬是不肯，非要一百棍的礼物。

没有办法，国王叫人取来木棍，并再一次问男孩要这奇怪礼物的原因。

"尊敬的国王陛下，请下令打我一棍，其余的九十九棍都赏给那个看守宫门的卫士。"小男孩说。

"这到底是怎么回事?"国王和大臣们越发感到奇怪。

"是这样的,国王陛下,进宫前,我已经答应守门的卫士,无论国王送我什么礼物,我只拿百分之一,其余的统统送给他。如果我不这样答应他,他就不让我进来见陛下。所以,这一百棍的礼物,九十九棍应该赏给那个卫士。"

国王一听,明白是怎么回事,他吩咐卫士按照小男孩要求的去做。结果,那个想捡便宜的守门卫士,得了九十九棍子的特殊礼物,然后被撵出王宫。

而小男孩呢,国王更加喜欢他了,他把小男孩留在身边,专门请人教他各种知识,后来小男孩当了这个国王的宰相,辅佐国王做了很多事情。

不可能的事

很久很久以前,有一个国王非常爱听稀奇古怪的故事,谁的故事讲得越荒诞离奇,他听着就越开心,赏赐也就越多。

为了能够听到更多稀奇古怪的故事,国王宣布了这样一条规定:谁讲的故事能叫国王说出"这不可能",他就可以得到一百两黄金,但是如果故事讲完了,国王说"这是可能的",那么讲故事的人不但得不到黄金,还要当场挨五十板子。

五十板子打在肉上,自然是很痛的,但一百两黄灿灿的金子,却有着巨大的诱惑力,因此每年到讲故事的那些日子,就会有许许多多人赶去京城,在国王面前讲各种各样的故事。

这些讲故事的人都有备而来,故事讲得一个比一个生动曲折,一个比一个荒诞无稽,但是已经听过无数稀奇古怪故事的国王听完后,总是连连说:

"这是可能的，这是可能的。"

所以，最后只有一个结果，那就是所有讲故事的人除挨了五十大板外，一无所获。每次从王宫里抬出来放在国王面前的那一百两金子也都会原封不动地搬回王宫。

连续几年，没有一个讲故事的人让国王说出"不可能"三个字，最后，人们得出了一个结论：国王已经存心要说："这是可能的。"因此，不管你讲出多么荒谬透顶的故事，最后也只是枉费心机，除了挨五十板子外，一无所获。

后来，这件事被一个穷苦青年知道了，他决定试上一试。便在国王又召集人们讲故事的时候，赶到京城，来到王宫，走到国王面前，要求讲故事。

在场的许多人，看到青年土气的打扮，呆傻的样子，一面内心暗暗发笑，一面暗地里为他捏把汗，担心他也会像以前那些讲故事的人除了挨板子外，什么都不会得到。

国王也不看好这个青年，表情非常冷淡，没有说什么，只是示意让他开始讲。

青年人从容不迫地讲起来："在我父亲还没有来到这个世界上时，我就和我的祖父来到这块地方，我祖父活了五百多岁，他每年都要养几箱蜜蜂，他能知道每个箱子里有多少只蜂。有一天清早，我去放蜂，到傍晚回家的时候，我祖父一眼就看出，有两只蜂没有跟着回来，祖父十分生气，他让我把那两只蜂找回来，找不回来不准回家。我带着一肚子怨气走出家门，找了很多地方，但是连个蜜蜂的影子也没见到。我的两脚磨出了血泡，于是我脱下靴子，躺在树丛下就睡过去了。我做了一个梦，梦见我和国王陛下在做游戏。忽然，在我旁边发出了乱哄哄的声音，吵得我无法把梦做下去，我醒来一看，原来是我的靴子在打架。"

讲到这里，国王止住青年人，说："这是可能的。"

青年人没有管国王说什么，只管自己往下讲："我爬起来，把两只打架的靴子拉开了，并把它们穿在脚上，在田野里往前走。走着走着，前面森林里传来很大的吵闹声，我进入森林，看见两只狼正在和我的一只蜜蜂搏斗。狼看到我，害怕地逃走了。我抓住蜜蜂一看，它的一只腿断了，我便拣了根棍子给它绑上，然后它一瘸一拐地跟着我回家了。"

讲到这里，国王又止住青年人，说："这是可能的！"

青年人还是没有管国王讲什么，继续往下讲："找到了一只蜜蜂后，我又去找第二只蜜蜂。走着走着，碰见一群猪。那些猪浑身肮脏，臭气熏天。有一个驼背的老头儿在后面赶着。那老头儿一脸的皱纹，脸上还盖了一层土，眼里淌着混浊的泪水，头发像野草那样胡乱地长着。老头儿的衣服已经破烂不堪，同那些猪一样，身上散发着臭气，十分难闻。"

"我走到跟前一看，不由得大吃一惊，我愣在那里好长时间，简直不相信这会是真的。国王陛下，你猜那脏老头儿是谁？不是别人，他是我们已经去世的老国王，是陛下的父亲！一个肮脏之极，且又丑陋难看的猪倌……"

这时，国王猛地从座位上跳起来，叫道："这不可能！这不可能！"

在场的人立即喧嚷起来，说什么的都有。青年人什么也没有说，径直地走上前去拿起那一百两黄金，不慌不忙地离开了王宫。

不敢说的真话

很久以前，泰国有个叫西特努赛的人在王宫里做官。有一天，他刚回到家，妻子就朝他报忧说："怎么办呢？家里的钱马上就要花光了。"西特努赛

安慰妻子说："别担心，别发愁，这事我能解决的。"

第二天上朝之前，西特努赛神秘地凑在这个官员耳朵上悄悄说几句，又俯在那个官员耳朵上嘟囔几声，然后就一言不发地坐在一旁。

不一会儿，官员们聚拢在一起，互相说起西特努赛刚才附在他们耳边说起的话来，才知道，原来西特努赛给他们说了同样的一句话："我可以洞察你的内心，无论你心里想什么，我全知道。真的！不信，咱俩可以打赌。"

他们知道西特努赛一向以智谋超群闻名，但也都不相信他能洞察人的内心。所以他们一致同意和西特努赛打赌。如果西特努赛猜对了，每人立即给他一两银子；如果猜错了，他要给每个人一两银子。

此外，他们还商定这次打赌要在国王面前进行。这用意就是想让西特努赛在国王面前出丑。

出乎他们的意料，西特努赛毫不犹豫地答应了。

国王在宫廷处理完国事后，官员们便把打赌的事禀告给了国王。

国王听了，也觉得这件事挺有意思，就笑着说："赌什么不好，偏偏要赌猜人心，那么多人想的什么，怎么能猜着呢？我看，西特努赛你这次要栽跟头了。"

国王的话，无疑鼓舞了那些打赌的官员，他们都非常得意地瞅着西特努赛。而西特努赛只是泰然地坐在那里，等待打赌的开始。

打赌在国王的主持下开始了。西特努赛说："诸位大人心里想的什么，我十分清楚。我说出来，如果诸位认为我说错了，你们可立即提出来；如果我说的和你心里想的完全一样，那就请诸位按定下来的规矩，在陛下的见证下每人给我一两银子。"

官员们都爽快地同意了。西特努赛微皱眉头，看了看在场官员。官员们则想着各自的心事，为的是不让西特努赛猜着。

"在座的诸位大人心里想的，我一清二楚。"过了一会儿，西特努赛愉快地说道："诸位大人想的是：我的思想十分坚定，我的整个一生都要忠于陛下，永远不会背叛国家。诸位大人是不是都这样想的？哪一位不是这样想的，请立即提出来！"

官员们听到这里，你看看我，我看看你，面面相觑，张口结舌。是啊，谁敢反驳西特努赛的话呢？谁要是对这几句话表示反对，那就等于在皇上面前宣布自己的不忠，而这无异于自己找死。

没有办法，大家只好当着皇帝的面在西特努赛面前认输，并按照规定，每人掏给西特努赛一两银子。

以假对假

有一次，阿凡提所在的镇子上调来了一个小法官。不知因为什么，小法官住在一个财主家里。那家财主因此觉得十分光彩，他到处炫耀，一次，他向阿凡提吹嘘说："新来的法官老爷，他学识渊博，脑袋里充满了智慧。是世上少有的聪明人。"

"嗯，有这个可能。"阿凡提说，"因为现在当法官的，办事情只看谁给的钱多，用不着智慧，所以智慧就可能都在脑子里积攒起来了。"

听到阿凡提这话，财主生气地"哼"了一声，便马上回去把这话告诉给了小法官。小法官气急败坏，一心想找机会教训阿凡提一下。

那个时候，阿凡提在镇子上开了个小染坊，来此染布的人多数是附近的乡亲们。

一天，小法官在财主家拿了一匹布，来到阿凡提的染坊。见到阿凡提

后，小法官用蛮横的口气说："阿凡提，给我把这匹布好好地染一染，让我看看你有多么高的手艺！"

"哦，好的，尊敬的法官，您的布要染成什么颜色的？"阿凡提问。

"我要染的颜色普通极了。它不是红的，不是蓝的，不是黑的，也不是白的，不是绿的，又不是紫的，不是黄的，更不是灰的。听清楚了吧？阿凡提！"小法官不怀好意地说，"听说你的智慧不光存在脑子里，还会拿出来用，你能染出来吗？"

财主是跟在法官身后一起来的，这个时候，也在背后狐假虎威地说："阿凡提！你要染不出法官老爷要的颜色来，你骂过法官老爷，法官老爷可不会轻易饶恕你！等着吧，有你瞧的！"

阿凡提知道小法官和财主是故意来寻衅闹事的，但仍毫不犹豫地把布接过来，说："这有什么难办的呢？我一定照法官老爷的意思染出需要的布来。"

"你真的能染？"小法官看着阿凡提那不慌不忙、蛮有把握的样子，吃惊地说，"那么，我哪一天来取呢？"

"你就照我说的那一天来取。"阿凡提顺手把布锁在柜子里，对法官说，"那一天不是星期一，不是星期二，也不是星期三，不是星期四，不是星期五，又不是星期六，更不是星期日。到了那一天，我的法官老爷，您就来取吧，我一定把您让我染的布染出来的，您会满意的！"

此刻，小法官和财主都知道被阿凡提算计了，本想反驳，但又没有话可以反驳，最后，只好一块儿灰溜溜地退出了染坊。

妙手回春

阿凡提还做过医生，一次，一个地主遣仆人来叫阿凡提去给他看病。阿

凡提收拾了一下，就跟着地主的仆人一起出发了。

路上要坐船过一条河。船上除了阿凡提和地主的仆人外还有一个小官吏。小官吏是平生第一次乘船过河，有些害怕。船到河中央，忽然刮起了风，小官吏十分害怕，他战战兢兢地紧紧拉住阿凡提的衣襟，连声哀求道："阿凡提，我害怕！我的心怦怦地跳得厉害，你快想个办法帮我一下。"

"好，我有个专治害怕的办法，不知你愿意不愿意用。"阿凡提笑着说。

"愿意，愿意，只要能让我不害怕，怎么都成啊！"

"好吧，那就治一治吧。"阿凡提说着，随着船一倾斜，一把将小官吏推到河里去了。小官吏在河里拼命扑腾，沉下去浮上来，浮起来又沉下去。这样上下好几次，阿凡提才同仆人将小官吏拖上船。

小官吏上了船，像个落汤鸡似的瑟缩着，一动不动地坐在船舱里。尽管船仍摇摆不已，他倒产生了一种脱了险的安全感。阿凡提问道小官吏："如何啊，还害怕吗？"

"不害怕了，一点儿也不觉得害怕了。"小官吏说。

"这不就治好了吗，只有落过水的人，才能体会到船上的安全。"阿凡提不禁哈哈大笑，又接着说："你今后再遇到害怕的事，尽管来找我。"

船终于靠岸了。阿凡提和地主的仆人上了岸，由仆人领着到了地主家。

"阿凡提，我患了肥胖病，我很难受，也非常害怕，我担心这病会突然把我带走。你快给我开个药方吧。"

"不要担心，我治这个病手到病除。"阿凡提边说，边细细打量胖得发圆的地主，在询问、切脉后开出一个药方，说："你已经病入膏肓，只有这个办法可以救你了。"说完把药方交给地主，转身便走了。

地主接过药方一看，吓得面无血色，一下了瘫软在床上。原来药方上写着："十五天后即死。"

肥胖的地主害怕得饭吃不进，水喝不下。就这样过了十五天，原先肥胖的地主一下子瘦了不少。

"阿凡提，你这个大骗子，你骗我！"担惊受怕地熬了半月的地主，找到阿凡提嘟囔道，"你说我十五天以后死，十五天过去了，我不是还好好地站在这儿吗？"

"我不是告诉过你不要担心吗，我治这个病药到病除。"阿凡提说，"我的'药方'不是把你的肥胖病治好了吗？"

地主愣了愣，继而才明白过来，他连连给阿凡提作揖，感谢其救命之恩。

吓跑大力士

一休宗纯是日本室町时代禅宗临济宗的著名奇僧，号"一休"。一休天资聪慧，六岁时，就成为京都安国寺长老象外集鉴的侍童。1405 年，一休十二岁时，来到壬生宝幢寺学习《维摩经》，兼学诗法。

因为一休非常聪明，故被周围的人们称为"小智多星"。一天，他刚刚打坐、念经完。一个叫西一的地方官赶来找他："一休师傅，在南边的大道上，一个大力士和村民们闹起来了。"

"怎么了，出了什么事？"一休问道。

"很简单的一件事，是大力士在捣乱。"西一说道，"前几天下了一场暴雨，山洪把山上一块很大很大的石头冲了下来，正好挡在大路中间。村民们想把巨石搬掉，可一时又想不出什么办法。正在这时，来了一位大力士，他说他能够把石头搬开，不过村民们得管他吃三天饱饭。"

"就这样啊，可能是他太饿了，没有办法，所以才这么做的。"一休富有

同情心，听到这里，他开始怜悯起那个大力士来。

"事情不是这样的，这只是开始，后来又有很多事呢。"西一接着又说："村民们答应了他的要求，给他做饭吃。这个人的饭量真够大的，一个人吃的比十个人吃的还多。三天过去了，他还是不搬石头，说还得吃三天。"

"这是为什么？"一休感到事情有些奇怪了。

"是啊，这个人就是个无赖，因为只有无赖才这么做。"西一气愤地说，"村民们又答应了他的要求。三天过去了，他还是不搬那块大石头。他说，只要人们能把石头搬到他的肩上，他就能扛走。那么大的一块巨石，怎么能搬到他肩上去呢？再说，既然能搬到他肩上，也就能搬走了，你说这个大力士是不是在无理取闹？"

"对了，他还说，既然搬不到他肩上，这事就与他无关了，人们还得白白管他饭吃。谁不管，他就用拳头去威胁。"西一说，"村民们经过商量，便想请你想想办法，去制服这个大力士。"

在完全弄清了事情的原委后，一休闭眼想了一会儿说："这样，咱一块去看看。"

一休和西一一起来到了山脚下，看到路中央的巨石，把整条道路都给阻死了。

"一休师傅，是他们把你请来的吧？"坐在一旁的大力士看到一休，心不在焉地说，"只要你能想法把这块石头放在我肩上，我就能扛走。"

"说话算数？"

"当然，我说话一向都算数的。"

"那好，你先坐在一旁等着。"

一休让村民先把巨石底下一侧的泥土挖走。村民齐动手，不到半天的时间，巨石底下挖出一人多深的大坑，巨石的半边像是悬在空中。这时，一休

把大力士叫来说："请你走下去吧，我们会把石头放到你的肩上的。"

大力士一看，吓得直摆手。他十分清楚，如果他走下去，肩膀正抵在石头上，村民们只要用力一推，石头就会滚在他身上，那会把他压扁的。他转身"扑通"一声跪倒在一休面前："一休师傅，请饶恕我吧，我输了。"

"哈！哈！"村民们爆发出一阵胜利的笑声。一休让村民们用挖低地面的办法，把巨石一步步滚到一边。很快，阻塞的道路就畅通无阻了。

巧妙应对

一位将军听闻一休非常聪明，但他根本不信。他说："一个小和尚能有什么过人的聪明才智？说他能解疑排难，我看只不过是言过其实，是人们喜欢夸大事实，编造一些故事来骗人的。"

随着越来越多的人加入传颂一休的过人事迹的行列中来，将军也慢慢由不信到半信，最后他决定试一试这个传说中的小和尚。

将军派人来到寺中找到一休，对一休说："将军请你和你的师兄弟明天前往将军家中做客。"

寺里的长老知道将军是一个刚愎自用、武断蛮横的人，担心一休等此行会遇到刁难，因此极力主张不去赴宴。可一休坚持要去。他说："既然将军主动来请，如果不去，将军一定会对我寺心生不满。"

第二天，一休和他的几个师兄弟一块向将军家走去。他们走到一个桥头，只见在桥头中间，竖着一根铁棍儿，上端横着钉了一块木板，木板上写了这样几个字："不准从两边通过。"

师兄弟们不知如何办了，一休看了看木板上的字，又看了看这座桥，略

一思索，说："很好办，跟着我走。"

一休带头前行，师兄弟们跟在他的后面，排成一队，从木板下面走过，从桥中间走到桥的另一头。将军带领几个人正在桥的那头等着他们。

"一休，难道你没看到桥那头木板上的字吗？"将军用略带不高兴的口吻说。

"看到了。"

"既然看到了，为什么还要走过来？"

"那木板上说，不准从两边走过，我们不是从两边走过来的，我们是从木板的下面、桥的中间走过来的。"

将军想了想，觉得一休的话不无道理，便没有再追究下去。不过，很快，他对一休说："一休，你先不要得意，这只是个开始，请跟我来，到我家再说。"

到了将军府。将军从墙壁上摘下一把宝剑，走到一休面前，说："一休，你可不可以做到：不靠近，不动手，将我的剑从剑鞘里抽出来？"

"可以的，没有问题。"一休没有丝毫犹豫地说，"不过，得请人检查一下您的宝剑，看看用手是不是能够抽出来，如果连用手也抽不出来，我当然也就无能为力了。"

"哦，那好办，来人，检查一下。"将军下令道。

将军手下的一个侍从走过去，毫不费力地伸手把宝剑从剑鞘里抽了出来。

"看清了吧？宝剑是没有任何问题的。"将军对一休等人说。

"看清了，将军，我胜利了。"一休笑了起来，"我没有靠近，也没有动手，已经把宝剑从你的剑鞘里抽出来了，所以我胜利了！"

这时，将军恍然大悟，自己上了一休的当。将军高声说："一休，这次

算你赢了，可以用餐了。"

一休和他的师兄弟们每人分到一个双层的糕点。他们刚吃了两口，将军又突然说道："一休，请你回答，你吃的这双层糕点，哪一层更好吃？这个问题若回答不出，实在对不起，你们就得空着肚子回寺里了。"

面对这突如其来的提问，一休丝毫没有想到，他深思了片刻，突然，他双手拍了两下，发出清脆的声响。

"将军，这就是答案。"

"什么？这就是答案？"将军迷惑不解。

"是的。你说是左边的手更响，还是右边的手更响？"

这个问题令将军瞠目结舌，哑口无言。将军虽然是个蛮横的人，但毕竟还算坦诚，最后，他承认自己失败了，他说"小师傅果然智谋过人，本将军心服口服。"

将军三考一休的事很快就传遍了大街小巷。从此，一休的名声就更加响亮了。

又量地球

两千多年前，古希腊著名科学家亚里士多德在他的著作《论天》中提出，大地是个球体，一部分是陆地，一部分是海洋。这个观点，当时得到了一些人的拥护，同时也遭到许多人的反对。两派人对此争论不休。

古埃及有位叫伊拉托斯尼斯的数学家，他长年在亚历山大城任教。他支持亚里士多德的观点，但他没有参与那些无止无休、毫无意义的论争，他一直在思索这样一个问题：既然相信大地是个球体，就应该想办法把它的大小

测量、计算出来，只有这样人们才会相信大地是个球体，可是，用什么办法才能把偌大个地球测量出来呢？

一天，他到亚历山大城里最大的文库馆查资料，在一份材料上他看到，亚历山大城南一个叫辛尼的小城镇，每年夏至这一天的中午，阳光都会直射到很深的井底。这是他从未听说过的现象，他用手指垂直向下比画着，思索着这其中的奥秘。最后，他决定亲自实地考察一番。

他沿着滚滚的尼罗河往上游走去，风餐露宿，不辞劳累，用了将近二十天的时间，走了八百多千米路，终于在阿斯旺水坝附近找到了辛尼城。

到达辛尼城的第三天正是夏至。中午时分，正如那份材料上讲的，太阳高悬在头顶，深井里映出太阳的影子，明晃晃的。笔直的长竿立在地上，竟然"立竿而不见影"。一时间，辛尼城变成了"无影城"。

这时候，这里的人们像过盛大的节日一样，聚拢到井边，观赏这奇异的景象，直到太阳从井底慢慢移开，人们才散去。

人们都离去后，只有伊拉托斯尼斯一人仍留在井台上，他时而看看井底，时而看看火辣辣的太阳，痴痴地思索着："太阳在头顶正上方，这说明，阳光与地面垂直向上的方向是一致的，光是一直射向地心的。在亚历山大城从没有发生过这种现象，这说明，夏至中午的阳光与那里的地面垂直向上的方向不一致，有偏差。这种偏差是怎么产生的呢？偏差到底有多大呢？"

伊拉托斯尼斯开始启程返回亚历山大城，一路上他一直思考着这个问题。

第二年夏至的中午，伊拉托斯尼斯对亚历山大城内的柱影进行测量，发现光线偏离地面垂直向上的方向为七点二度。

伊拉托斯尼斯想，太阳和地球之间的距离是极其遥远的。阳光平行地射下来，如果大地不是球体而是很平坦的，高悬在天空的太阳应该同时直射在

所有见到阳光的地方。可是，夏至这天的中午，太阳在辛尼城直射，在亚历山大城却不能直射，偏了七点二度。这正是因为大地是个球体，球体曲面垂直向上的方向不同造成的。

伊拉托斯尼斯继而又推测着，利用这一点，就可以测量地球的大小。在亚历山大城，阳光射来的方向与地面垂直方向形成的七点二度角，也正是亚历山大城垂直方向与辛尼城垂直方向形成的地心夹角的角度。地心夹角是七点二度，正好是一个圆周的五十分之一，而地心夹角的七点二度在地球表面的弧长，就应该是亚历山大城到辛尼城的距离，两城相距八百零五千米，从地心夹角和地球表面弧长的关系就可以知道，这个距离正是地球的整个圆周的五十分之一，那么地球的周长就是八百零五和五十的乘积，也就是四万零二百五十千米。

这个数值与后来用先进科学的方法测得的地球周长数据十分接近，这在当时科学技术极其落后的年代是十分难得的，也充分体现了伊拉托斯尼斯的聪明才智。

阿基米德测王冠

叙拉古是西西里岛上的一个古老王国。有这样一个故事就发生在这个古老的王国里。

有一天，安静的叙拉古市大街上，有一个赤裸身体、疯疯癫癫地的人跑着喊道："我知道了！我知道了！"

好事的人奇怪地围拢过去，都用目光互相"询问"着出了什么事情。

很快，有人认出来了，惊讶地叫道："呀，这不是阿基米德吗？阿基米

德疯了？"

什么？是鼎鼎大名的科学家阿基米德，他怎么会疯掉呢？人们几乎不敢相信自己的眼睛。是阿基米德没错，但他并没有疯，是他兴奋得没有发觉自己是光着身子跑出来的。

事情是这样的：勇敢善战的国王希洛王，为了庆祝他打了个大胜仗，叫金匠做了一顶纯金的王冠，献给神主，借以显示国王的威严。

可是，大臣们看过王冠后，私下里纷纷议论，说王冠可能不是纯金的，里面一定掺了假。

这个议论如长了脚，很快传到了国王希艾罗的耳朵里。国王自然不能容忍别人欺骗他。他马上就叫人把王冠称了称，看是不是有假。结果，王冠和交给金匠的金子一样重。把王冠打开来看看吧，王冠玲珑剔透，闪闪发光，国王实在舍不得。这怎么办呢？

国王希洛王突然想起了科学家阿基米德。他马上叫人把阿基米德找来，要他把王冠检查检查，看是否真的掺了假。

阿基米德双手捧着王冠，左看右看，看不出丝毫破绽。可又不能把王冠打开，用什么办法检验真假呢？

阿基米德走在路上也想，回到家里也想，吃饭时也想，就连晚上做梦也想，但总也想不出个办法。他对自己说："先去洗个澡，让头脑清醒清醒再说。"

浴盆里盛满了水，一层轻飘飘的热气徐徐浮动着。阿基米德小心地把身子沉进温水里，觉得自己也轻飘飘的，就好像被一只无形的手托着似的。

浴盆里的水很多，水哗哗地从浴盆里溢出去。阿基米德忙站起来，浴盆里的水随即落下去一块。他又慢慢蹲下身子，水渐渐齐到盆沿，并且又开始往外淌。阿基米德猛然觉得心头一亮，他立即跳出浴盆，跑上大街，高声喊

道："我知道了！我知道了！"

原来受溢出的水启发，他想出了一个测验王冠是否掺假的办法。

阿基米德迅速找来衣服穿好，然后跑到王宫向国王要了一块和金冠同样重的纯金块，当着国王的面给国王做了一个实验。

他把王冠和金块分别放进两个同样大小的罐子里。罐子里事先装满了水。当把金块和王冠放进罐子里时，水从罐里溢出，溢出的水各自用一个盘子接着。然后把溢出的水分别称一称。结果，溢出的水不一样多。

阿基米德激动地说："国王陛下，王冠和纯金块一样重，如果王冠也是纯金的，它们的体积应该是一样大，放进水罐里，溢出的水也应该是一样多。现在不一样多，说明它俩重量相同，但体积不一样大，王冠的体积比纯金块大。因此，王冠不是纯金的，里面掺了假。"

国王希洛王听后立即命人把那个制造王冠的金匠抓来。那个贪婪的金匠用同样重的黄铜偷换了做王冠的部分金子，铸在金冠内层，事后，他怕被国王查出来，早已逃之夭夭了。

后来，阿基米德根据这个启示，发现了浮力定律，也被称作阿基米德定律。

游船入海

叙拉古王国国王新的游船就要下水了。国王高兴地带领王后、王子和文武官员，来到造船现场。国王兴奋地望着富丽堂皇的游船，又看看围观的人群，又扫一眼特意来观摩的各国使节，脸上浮现出得意的神色。

在乐曲声中，国王郑重宣布："下水！让我们乘上游船，到大海上去。"

国王的船坞设在海边的斜坡上。船造好后，只要把船身下面的垫木敲

掉，船就能顺着斜坡滑到水里去。

可是，这次这艘船太大了，把全部垫木敲掉后，船仍停在那里，一动不动，这是工匠们万万没有想到的。围观的人，立刻低声议论着，外国使节也显露出讥讽的眼神。

国王十分生气，他愤怒地从座位上站起来，命令工匠立即把船拉下水。

几百名工匠立即慌慌张张地把粗绳子套在船上，拼命地拉。谁知道，大船却像扎了根似的，纹丝不动。

国王雷霆震怒，气得声音都变了，他声言要严厉惩罚这些愚蠢的工匠，罚他们终身做苦役。

这时，一个大臣走到国王面前，轻声说："陛下，是不是请阿基米德想想办法？"

国王想立即结束这尴尬的场面，当即点头同意。很快，阿基米德来到国王面前。国王问他能不能把船放下水。

阿基米德看了看高大的游船，又看了看斜坡，沉吟片刻说："可以，不过得给我两天的时间。还有，免除对工匠们的惩罚。"

虽然国王一心想惩罚那些令他大失颜面的工匠，但此时也无可奈何，只好答应了。两天过后，来观看的人比上次来观看的人还要多，人们都想看看阿基米德会想出什么神奇的办法。

吉时一到，阴沉着脸的国王又命令送船下水。

阿基米德指挥着几十名工匠，先用滑轮把船尾吊在预先搭起的木架子上，接着在船身底下横着塞进一根根木棍子，再把船头吊起来，底下也塞进木棍子。

然后，阿基米德让所有的工匠都闪开，亲自抡起一把大斧，把拴着船身的一根粗绳砍断。围观的人惊喜地看到，大船慢慢移动了。一根根木棍子在

船身下滚动，并且越滚越快，发出轰隆轰隆的巨响。

高大的游船一直冲到大海里，溅起朵朵雪白的浪花。人们高声欢呼："阿基米德！阿基米德！"

国王高兴地叫着王后、王子和大臣们登上游船，并且也把阿基米德叫了上去。在船上，国王满意地对阿基米德说："你的智慧是叙拉古王国的骄傲！"

阿基米德谦虚地说："只要认真观察，勤于用脑思索，再笨的人，也能想出好办法来的。"

从天上借"神火"

公元前213年，古罗马奴隶主派出两支部队来到地中海中的西西里岛，想用武力攻克叙拉古城堡，征服叙拉古王国。

古罗马军队一兵临城下，就日夜开始了猛攻。但是，几个月的时间过去了，骄横的罗马军队却始终未能攻下城来。

他们当然不甘心就这样罢休，便调集了许多战船，一字儿排列在叙拉古附近海面上。它们虎视眈眈，像蹲守在一旁随时准备扑上来的猛兽，准备一口把美丽富饶的叙拉古王国吞下去。

当时领导叙拉古城堡人民抵抗入侵罗马军队的是科学家阿基米德。他当时已经有75岁高龄了。他用自己的智谋，用自己研制的新式武器，打退了敌人一次又一次的疯狂进攻，胜利地保卫了自己的国家。

当看到那些战船时，阿基米德想："如果能把罗马的战船毁掉，他们就彻底失败了。但如何毁掉他们的战船呢？用新做的石炮打不着，用挂钩吊不翻，到底能用什么办法呢？"

这一天，阿基米德又站在城头上察看罗马战船的情况。这时，火辣辣的太阳，在平静的海面上投下一道耀眼的光带。阿基米德眯起双眼，出神地看着那条光带。突然，他兴奋地说："有办法了！有办法了！"

阿基米德突然想起了自己曾经琢磨过多次的取火镜。取火镜就是所谓的凹面镜，它反射出的阳光集中到一点，叫作焦点。焦点的温度汇集了太阳光因而相当高，可以用来点火。

阿基米德想到这儿，立即带领一部分人，日夜不停，一气干了几十天，用铜磨制出了几十面取火镜。

这一天，天气晴朗，万里无云，火辣辣的太阳炙烤着万物。罗马战船都静悄悄地停在海面上。阿基米德找了几十个人，每人拿一面取火镜，站在选好的位置上，让取火镜反射出的一束束强烈的阳光，正好直射到罗马战船上。

开始，罗马士兵不知道这是怎么一回事，只是呆望着。不一会儿，船帆上冒出缕缕青烟，海风一吹，"呼"地起了火。接着，船身也冒起烟，蹿起火苗。

很快，火借着风势，蔓延开来，越烧越旺。一时间，浓烟滚滚，盖住海面。罗马士兵以为叙拉古人从天上借来了"神火"，顿时士气衰竭。惊恐万状的将士乱作一团，有的四处乱跑，被活活烧死，有的惊恐着、哭叫着跳进海里。

不到半天的时间，罗马战船被熊熊的大火吞没，在浓烟烈火中沉入大海，只有几只战船侥幸从火海中驶了出来，仓皇逃离。

小高斯的算法

卡尔·弗列德里奇·高斯是德国18世纪末到19世纪中叶的伟大的数学

家、天文学家和物理学家，被誉为历史上最有才华的数学家之一。

1785 年，当时高斯才七岁，在德国农村的一所小学里念一年级。高斯就读的这所小学条件相当简陋，低矮潮湿的平房，地面凹凸不平。就在这所学校里，高斯开始了正规学习。

教高斯的老师是这一代小有名气的"数学家"比纳特。比纳特有个偏见，总觉得农村孩子不如城市孩子聪明伶俐。不过，他对孩子们的学习，要求还是很严的。

比纳特最讨厌在课堂上不专心听讲、爱做小动作的学生。不过，孩子们很爱听他的课，因为他经常讲些课本上没有的非常有趣的东西。

有一天，他给学生们出了一道算术题。他说："你们算一算，1 加 2 加 3 加 4，一直加到 100，等于多少。谁算不出来，谁就留下来，不准回家吃饭。"

说完，他就坐在一边的椅子上，用目光巡视着趴在桌上的学生。

还不到一分钟的时候，小高斯站了起来，手里举着小石板说："老师，我算出来了……"

没等小高斯说完，比纳特老师就不耐烦地说："错了！重新再算！"

小高斯迅速地把算式检查了一遍，高声说："老师，没有错！"说着走下座位，把小石板伸到比纳特老师面前。

比纳特老师低头一看，只见上面端端正正地写着："5050"。比纳特十分吃惊，要知道，这样复杂的计算题，一个七岁的孩子，用了不到一分钟时间就算出了正确答数，这是不可思议的。自己也算了一个多小时，算了三遍才算出来。他甚至怀疑以前别人给小高斯算过这一道题。他问小高斯："你是怎么算的？"

小高斯回答说："我不是按照 1、2、3 的次序一个一个往上加的。老师，你看，一头一尾的两个数的和都是一样的：1 加 100 是 101，2 加 99 是 101，

3 加 98 也是 101……把一前一后的数相加，一共有 50 个 101，101 乘以 50，就得出答案了。"

小高斯的回答，使比纳特老师感到震惊。因为他还是第一次知道这种算法。他惊喜地看着小高斯，好像刚刚认识这个农家孩子似的。

不久，比纳特给高斯找来了许多数学书籍供他阅读，还特意从汉堡买来数学书送给高斯。高斯在比纳特老师的帮助下，读了很多数学书籍，开拓了自己的视野，变得更加聪明起来。

让蒸汽变得有用

1736 年 1 月 19 日，詹姆斯·瓦特生于苏格兰克莱德河湾上的港口小镇格林诺克。瓦特的父亲是熟练的造船工人，拥有自己的船只与造船作坊。瓦特的母亲出身于一个贵族家庭并受过良好的教育。

小瓦特因为身体较弱去学校的时间不多，主要的教育都是由母亲在家里进行的。瓦特从小就表现出了不一般的动手能力以及数学上的天分，同时，对很多事情都充满了好奇心。

瓦特一家和奶奶一起生活。有一天，奶奶在厨房里做饭，瓦特坐在里面玩耍。壁炉上红红的火焰，轻轻地飘动着，引起了瓦特的注意。过了一会儿，他问："奶奶，为什么火焰能燃烧？"

由于瓦特经常提出一些幼稚、不着边际的问题。因此，奶奶没有理会他，继续做她的饭。

红色的火焰炙烤着烧茶水的铁壶，水慢慢开了。水蒸气从壶嘴里喷出来，接着壶盖上下不停地跳动起来，发出嘎啦嘎啦的声响。

"为什么发出嘎啦嘎啦的声音呢?"瓦特在心里暗暗思考。

他好奇地俯下身子,从壶盖边的缝隙里窥视壶盖的下面。可是,他什么也没看见。

"奶奶,铁壶里面有什么东西吗?"瓦特问。

"当然有了,是水,孩子。除了水再没有别的东西了。"

"不对!还有别的东西,是这些东西把壶盖顶起来,让壶盖发出嘎啦嘎啦声音的。"瓦特反驳道。

奶奶被小瓦特认真的样子逗笑了,又说道:"那是水蒸气,是水蒸气使壶盖上下跳动的。"

瓦特接着又问:"奶奶,水蒸气是哪里来的?它怎么能叫壶盖上下跳动呢?"

"水蒸气呀,水蒸气是从热水里来的。水蒸气叫壶盖跳动。"奶奶已经感到无法回答瓦特提出的问题了。

瓦特对奶奶的回答不是很满意,他小心地拿起壶盖,看看里面还有什么东西。果真像奶奶说的那样,除了翻滚的水和不断冒出的热气外,再没有什么了。看了一会儿,小瓦特又把壶盖盖上,继续望望那神秘的铁壶。

过了一会儿,他又问奶奶:"奶奶,壶里能盛多少水?"

"大约四五斤吧。"

小瓦特感到很诧异,"这么一点儿水,出来的水蒸气就有这么大的力气!要是有几百几千壶的水,岂不能产生更大的力量了,推动很重很重的东西了吗?"瓦特的脑子里快速产生了一连串的问题。

这件事情一直徘徊在小瓦特的脑海中,随着年龄的增长,想利用水蒸气推动物体的想法,逐渐在瓦特的脑子里成型。

有一次,他听说已经有了用蒸汽做动力的机器,他就特别注意搜集这方

面的资料。瓦特二十岁时，当了格拉斯哥大学的教学仪器修理工。这个学校有一台损坏了的纽可曼蒸汽机。它可成了瓦特的宝贝。

瓦特一天到晚，围着它转，擦擦这里，动动那里。后来他发现这种蒸汽机有三大缺点，分别是活塞动作不连续、蒸汽浪费大、阀门开关不灵活。

为了解决这三道难题，瓦特日夜苦思，天天拿着瓶子、竹筒子做实验。尽管一次次都失败了，但他毫不气馁，继续实验，就连走到路上，都在比画着，因此好多人都认为他的神经出了问题

经过无数次实验，瓦特终于在失败中获得了成功。在他手上，世界上第一台高效率的蒸汽机诞生了，人类改造世界的历史进入了一个新的时代，那就是"蒸汽时代"。

一份"汽笛电报"

1863 年夏季的一天夜里，美国中北部密歇根州的休伦埠遭受了一场特大暴风雨的洗礼。暴风雨差不多肆虐了半宿，天亮的时候才逐渐停止。

虽然雨不再下了，但天气还没有放晴，乌云低低地垂在天空，像扣了个巨大的锅。周围一片汪洋，休伦埠被茫茫大水围成了一个孤岛。

爱迪生的家就在休伦埠。为了帮助父母解决家庭生活困难，爱迪生从十二岁起就到火车上卖报纸、卖糖果，后来他自己创办了一份叫《先锋周报》的报纸，自己采访，自己编辑，自己印刷，自己出售。

因为只顾在屋里专心致志的编报，爱迪生竟没有发觉昨晚外面下了大雨。到早上出门去火车站时才发现昨晚下了大雨。

爱迪生去到火车站，看见铁路都被淹没了，火车卧在水中，不时地吐出

热气。有一些旅客在那里焦急地走动，你一言我一语地谈论着。

爱迪生很快了解到，大水淹没了航标，船只无法来往；电报线冲断了，电报无法发出。休伦埠与外界的一切联系中断了。

"怎样才能与外界取得联系，使休伦埠解脱困境呢？"爱迪生思考着这个问题，他想："电报线断了，能不能用其他办法试一试呢？"

那个时候，爱迪生正在利用卖完报的空闲时间跟一个叫麦肯基的人学电报。麦肯基是一个火车站的站长，也是一个出色的报务员。

"电报是利用电流通电时间长短，由点、横，横、点的不同变化组成字母来传递消息的。现在，电报线断了，用汽笛声的长短变化来组成字母，发出一份'汽笛电报'，不是同样可以与外界联系上吗？"

爱迪生想到这儿，高兴地爬上火车头。司机以为小孩子淘气，因此十分生气地呵斥道："下去！这里可不是你玩耍的地方。"

"我要向外发一份'汽笛电报'。"爱迪生高声说，他向司机作了详细的解释，然后对司机说："外面的人接到后，会想法来解救我们的。"

司机有些被打动了，可还是有些迟疑："可是，你能发出'汽笛电报'，谁能接呢？又没人懂得。"

"有人会接，我的师傅麦肯基就在附近的火车站上，他是个非常好的报务员，只要他听到，他就能懂。"

司机想了想，最终同意让爱迪生试一试。爱迪生用长短变化不同的汽笛声发出了一份求援"电报"。

第一次发出后，没有得到回应，反复发了四五次后，对岸终于传来回答的汽笛声。中断的通信联系以特殊方式恢复了。爱迪生高兴得跳了起来。

发明"詹内车钩"

1867 年的一天，太阳渐渐收敛了它的余晖，慢慢西沉了。一列长长的火车从美国的一个货运站徐徐开出。装卸工人们长长地喘着气，慢慢散开。

哈姆尔特·詹内是装卸工人中的一员，随着工作的完成，他也慢慢地走上了回家的路。装卸的活是辛苦的，同时也是有一定危险的，他的一只手还在隐隐地往外渗血。

任何人都能看得出，现在的哈姆尔特·詹内心情是十分沉重。因为装完货物后，要把几十节车厢用铁链子连接起来，他们费了好大劲才连接好了，却拖延了时间，火车晚开出半个小时，为此装卸老板大发雷霆，当即解雇了几个工人。哈姆尔特·詹内的手就是在连接车厢时，因用力过猛而挤伤的。

不知为什么，哈姆尔特·詹内头脑中总浮现用铁链子链接火车车厢的情景。那时候，火车的各个车厢，需要连接在一起时，就用铁链子连接起来；需要分开时，就解开铁链子。为此，工人需要爬上爬下，缠来绕去，不但非常吃力，还常常误了开车时间，更为严重的是还有可能连接不好。有一次，一列货车爬一个山坡，因有一个车厢的链子没有系好，车厢脱节，造成了很严重的翻车事故。

有什么办法解决这个问题呢？使各车厢的连接变得又牢固又简单呢？哈姆尔特·詹内一直在琢磨这件事。

自从萌发出这个念头，哈姆尔特·詹内一有空就跑到货场，观察、分析火车车厢连接的情况。他想出了几种改进办法，让工人们试验，但结果都失

败了。

这天，他一边走，一边又苦苦思索着这个难题，走着，想着，一群孩子挡住了他的去路。那群孩子正在做一个让他们异常高兴的游戏。孩子们先是互相追逐，很快又变成两人一对，两人一对，面对面，脚顶脚，胳膊伸直，手指弯曲着勾连在一起，身子向后倾斜，转圈儿，嘴里还不停地吆喝着。

忽然，这个情景一下子触发了哈姆尔特·詹内的灵感，他激动得差点儿叫出声来。孩子们的游戏启发了他，长期困扰他的问题一下子找到了解决办法。

"像两只手这样勾连起！要像两只手这样勾连起来！"哈姆尔特·詹内低声自语着，下意识地把自己的两只手勾在一起，用力地往两边扯。

哈姆尔特·詹内急急忙忙地赶回家中，一进家门，他便开始动手用木头制作手的模型，模型的手指弯曲着，能勾在一起。

哈姆尔特·詹内想用这个办法解决车厢连接问题，但由于木制的手不能活动，在实际中不能应用而失败了。哈姆尔特·詹内毫不动摇，一次又一次制作，一次又一次改进，最后终于制作出火车自动车钩。

哈姆尔特·詹内制作的自动车钩是用铁铸造出来的，模样像两只巨手，它们安装在每节车厢的两头。"铁手"的掌心有一个机关，只要两只手一接触，撞动机关，两只手便牢牢地握在一起。而要想分离开，需要启动另外的机关，两只"铁手"便又很容易地分开。

经过多次实验，证明自动车钩安全好用。从此以后，火车每节车厢的两头都安装了这样一双巨大的"铁手"。无论是载着旅客的车厢，还是装着各种货物的车厢，都"手拉手"地日夜奔驰在铁路线上。

哈姆尔特·詹内成功了，他设计发明的"铁手"为铁路运输提供了极大的方便。人们都尊敬地称哈姆尔特·詹内发明的火车自动挂钩为"詹内车钩"。

"高斯"号脱困

1903 年，有一艘叫"高斯"号的德国南极探险船来到了南极洲。

南极洲也被叫作"第七大陆"，是围绕南极的大陆，位于地球最南端，四周为太平洋、印度洋和大西洋所包围。这个地方很特殊，它以半年为界，半年是冬天，见不到太阳；半年是夏天，一天 24 小时，太阳总是低低地徘徊在天空，迟迟不离去。

此外，南极洲的"脾气"还很不好，经常刮大风，而且刮的风特别大，刮风的时间也特别长。

"高斯"号到达南极洲时，连续的白天刚开始，正好碰上一场大风暴。风暴过后，"高斯"号被冻在冰上，船像与冰浇铸在一起似的，一点儿也动弹不得。

这可难坏了船上的人员，他们用锯子锯，用榔头砸，甚至用炸药炸，但是破开的冰都很有限，船仍然不能脱离困境。只有打开一条一千米长、十米宽的航道，船才能通到没结冰的海面上去。

有什么办法能使航船恢复自由呢？从船长到船员，每个人都在苦苦思索着这个问题。

一个高个子船员望着坚硬的冰层，又望着悬挂在头上的太阳似有所悟，他想起了家乡雪后白皑皑的情景：太阳静静地照着。洁白的雪，铺在田野里，很长时间融化不掉，可是在村头，连泥带灰堆积起来的雪，却很快就化成了水，流满街口。

想到这里，他灵感突现，想起了一个解救航船的办法。他兴冲冲地找到船长说："把船上的黑灰、煤渣、垃圾铺到冰上，加上太阳光，就能使船周

围的冰化开，打开一条通道，这样，我们就能离开了。"

船长对这个办法将信将疑，可又没别的办法，只好组织大家来试试。

全船的人都被组织了起来，大家把能收集到的黑灰、煤渣、垃圾都收集起来，并铺在船周围的冰面上。

大家耐心地等待着，等了几天的时间，不落的太阳终于使煤屑、垃圾下的冰层慢慢变薄，并逐渐融解了。

"高斯"号的全体船员欢呼，跳跃，人们把高个子船员抬起来，抛向空中。几天后，"高斯"号终于冲破坚冰的围困，航行到没结冰的海面上来了。

哥伦布竖鸡蛋

15世纪，从欧洲到东方的陆路交通已经打开了，而海上航路还没有打开。意大利探险家哥伦布很想在海上开辟一条通往东方的航道。他说："既然相信地球是圆的，那理论上，驾驶着帆船，从欧洲向西出发，我就可以到达那个东方世界去做客。"

哥伦布的想法得到了西班牙王室支持。在他们的支持下，1492年，哥伦布便率领几十名水手，扬帆出海，横过浩瀚的大西洋，发现了新大陆。不过他把美洲大陆误认成印度了。

1493年初，哥伦布回到西班牙，西班牙举国欢呼，祝贺。人们成群结队站在街道两旁欢迎哥伦布。国王和王后在王宫里为哥伦布接风洗尘。整个西班牙都沉浸在欢乐的气氛里。

但是，偏偏有一些大臣、贵族、学者，对哥伦布的新发现很嫉妒，对他受到的礼遇也十分仇视。

"哥伦布算个什么东西！"他们愤愤不平地说，"他不就是从意大利跑到我们西班牙来的小海员吗？难道别人就不能横渡大西洋发现新大陆吗？同样是可以的，没什么大不了的！"

这一天，西班牙国王为哥伦布举行盛大宴会。宴会上，有几个对哥伦布嗤之以鼻的大臣当面嘲笑哥伦布的新发现，想让他在国王面前，在大庭广众之下感到难堪。

"你在海那边发现了新大陆？"他们故作惊讶地冲着哥伦布说，"那又有什么呢？我们没发现也没什么大惊小怪的。任何人都能够横渡大西洋，任何人都能够在海里找到那个岛，不过是让你正巧碰上了。其实，这是世界上最简单不过的事情了，任何人都能做到。不必这样炫耀的！"

哥伦布沉默着什么也没反驳，只是顺手从宴席桌上拿起了一个鸡蛋，举到面前说："诸位，谁能够让这个鸡蛋尖朝下竖立起来？"

可能这个问题提得太突然，太新奇了，一时之间，在座的人面面相觑，不知该怎么办才好。特别是那几个刁难哥伦布的大臣，感到哥伦布是在向他们挑战。

当然，他们不想在哥伦布面前显得无能，于是，这个伸手试试，那个伸手动动，但是没有一个人能成功地让鸡蛋在光滑的桌面上竖立起来。最后他们一致的结论是，这是完全不可能办到的事情。

这时只见哥伦布不慌不忙拿起那个鸡蛋，让鸡蛋的尖端朝下，轻轻一戳，蛋壳打破了一丁点儿，鸡蛋就被稳稳当当地竖立住了。

在场的人都呆住了。不过有人很快发出了"嘘嘘"声，说："鸡蛋打破了，这不算数！"

"尊敬的先生们，我并没讲不让打破一点儿。"哥伦布说，"让一个鸡蛋竖立起来，这是轻而易举的事情，是任何人都能做到的，然而你们却说是不

可能做到的。当别人做出来了，你们又会说这是多么简单的事。任何人都能做到啊！先生们，冷嘲热讽是无法掩盖自己无知和愚蠢的!"

众人先是一愣，随即明白了哥伦布此举的目的，接着掌声和赞叹声四起。那几个刻薄而又自以为聪明的大臣，面面相觑，脸色青黄难看，一句话也说不出来了。

爱迪生巧计算

托马斯·阿尔瓦·爱迪生是美国著名发明家、物理学家、企业家，拥有重量级的发明专利 2000 多项，这些发明包括对世界影响极大的留声机、电影摄影机、钨丝灯泡等。

爱迪生还是一个碌碌无名之辈的时候曾和美国普林顿大学数学系毕业的学生阿普顿在一起工作，他们住在一个房间里。

阿普顿总觉得自己在重点大学里深造过，天资聪明，头脑灵活，就处处好卖弄自己有学问，自然对卖报出身的爱迪生不屑一顾。

爱迪生是个沉默寡言的人，他从不炫耀自己。对阿普顿的装腔作势，炫耀自夸，他从内心感到厌烦，但从未在嘴上说什么。

为了让阿普顿变得谦虚些，有一次，爱迪生把一只梨形的玻璃灯泡交给了阿普顿，请他算算容积是多少。

阿普顿拿着那个玻璃灯泡，轻蔑地一笑，心想："想用这个问题难住我，想得未免太天真了！这还不简单!"

他拿出尺子上上下下量了又量，还依照灯泡的式样画了一张草图，列出一道道算式。数字、符号写了一大堆。他算得非常认真，脸上都渗出了细细

的汗珠。他怕算不对，在平素瞧不上眼的爱迪生面前丢脸。

过了一个多小时，爱迪生问他算好了没有。他边擦汗边摇头说："还没有，不过快了，算一半多了。"

爱迪生走上前一看，几张十六开的白纸上密密麻麻地列满了算式。看到这儿，爱迪生忍不住笑了笑说："不用那么费事，还是换个别的方法算吧。"

阿普顿仍固执地说："不用换，我这个方法是最好、最简便的，没有比它更简便的了。"

爱迪生不愿多费口舌和他做无谓的争论，就回到自己的工作台，边做自己的工作边等着阿普顿算出结果来。

又过了一个多小时，阿普顿还在低着头列算式，计算着。爱迪生见苦等无果，有些不耐烦了，他走了过来，拿过玻璃灯泡，往里面倒满了水，然后交给阿普顿，说："去把这些水倒到量杯里，看看它的体积是多少，那就是玻璃灯泡的容积，就是我们需要的答案。"

阿普顿毕竟是个聪慧的研究者，爱迪生的话一说完，他顿时恍然大悟，他知道爱迪生的这个办法简单之极而又精确。阿普顿那冒着汗的脸，瞬时间刷地红了。

敲开金链子

里昂市是法国东南部一座大城市。很久以前的一天夜里，里昂万家灯火，华灯初上，一个名叫米勒的人走进了一家旅店，准备登记住宿。

他一摸口袋，发现钱包没有了。他急忙翻遍全身，也不见钱包的踪影。他仔细回想一下，断定是在途中让小偷偷去了。

米勒是法国一名颇有名气的画家。他长期住在农村，他的画多数是以农村生活为题材的。这次来里昂是来参加一个学术联谊会的，没想到发生了这样的事。

现在，米勒身上分文没有，怎么办呢？忽然他想起包里有一条金链子。他便拿出来，对旅店老板说："我的钱不幸被小偷拿去了，我用这金链子顶食宿费可以吗？"

胖胖的旅店老板接过金链子，凑着灯光，眯细眼睛看了看，又用手掂了掂，说："行啊，一天要付一环。你这链子是一、二……共二十三环。"

米勒没有多想，很痛快地答应了。

老板见米勒的穿着打扮不像城里人，更不像个有钱人，便觉得有机可乘，想把金链子据为己有。他摆弄着金链子，用狡黠的目光瞅着米勒说："这金链儿很漂亮，把它一环一环敲开太可惜了，如果那样，等于你给了我一件废物。这样吧，先生，你只能敲断四环，最多五环，否则，你必须每天用三环来顶账。"

米勒一下子明白了旅店老板的用心。他想了一下，说："这样吧，我只要敲断两环，就能每天付给你一环。"

"只敲断两环？"旅店老板感到很诧异。他暗自想："二十三环的金链子，只敲断两环，怎么就能每天不多不少付给我一环呢？"他琢磨来琢磨去，最后，认定这是不可能的，就对米勒说：

"好，如果你真的只敲断两环就能做到每天付给我一环，到最后我一环不少地还给你。"旅店老板装出慷慨大方的样子，接着话锋一转，"但是，你如果多敲断一环，我每天就多收你一环。"

米勒爽快地答应了。双方就这样谈定了。米勒住进了高级房间，生活得很舒适。二十三天过去了，旅店老板遵照原先的约定，不得不把十分心疼的

金链子一环不少地还给了米勒。

米勒是怎样敲开金链子，使贪婪的旅店老板的贪心落空的呢？

原来，米勒只敲断了金链子的第七环和第十一环，这样，本来二十三环的金链子变成了各有六环、一环、三环、一环、十二环的五条。

第一天，米勒把敲断的一环给老板。第二天再把敲断的另一环给老板。第三天，把三个环连在一起的那一条给老板，同时要回已经给了老板的那两环。

第四天、第五天，米勒再把单独的两环给旅店老板，这时，旅店老板手里已经有五环了。第六天，米勒把六个环连在一起的那一条给老板，同时要回旅店老板手中的五环。第七、第八、第九、第十、第十一这五天，重复头五天的做法，这时，旅店老板手里有了十一环。

第十二天，米勒把十二个环连在一起的那条给旅店老板，同时要回旅店老板手中的十一环。从第十三天开始，直到最后一天，完全重复头十一天的做法。

这样，二十三天正好付给旅店老板二十三环，而整条金链子只敲断了两环。旅店老板的算计在聪明的画家米勒面前变成了泡影。

装满屋子的东西

很久以前，有一个老父亲有三个儿子。一天，他心血来潮，想试试他的这三个儿子谁聪明一些。他考虑了很久，最后想出一个办法。

他把三个儿子叫到一间空荡荡的屋子里。这个屋子因长时间没人住，既幽暗又潮湿，弥漫着一股淡淡的发霉的气味。老父亲给了每个儿子十文钱，对他们说："你三个今天都到集上去，每人买十文钱的东西，买的东西要能

装满这间屋子。你三人各买各的，不准去问别人，要自己想办法。"

三个儿子遵照父亲的话来到了集上后，便各自散去。

大儿子在集上走来走去，怎么也想不到该买什么东西，心想："就算是最贱的烂柴禾，十文钱也只能买一小捆，离装满一屋子也相差太远了。"一直到太阳快要落山了，他也没买到合适的东西，不得不沮丧地回到家里。到家一看，两个弟弟已在家里了。

老父亲问大儿子买的什么东西。

诚实的大儿子垂头丧气地说："没有那么不值钱的东西，十文钱省下了。"说着，掏出那十文钱，递给了父亲。

老父亲又问二儿子买的什么东西。

二儿子把一小捆草搬到屋子中间，说："这捆草是十文钱买的，半干不干，只要点着，就会冒出浓烟，不一会儿，浓烟就会充满这间屋子。"

老父亲听后点点头，表示同意。然后，他又问三儿子买的什么。

只见三儿子从口袋里掏出一支蜡烛，一盒火柴，说："一支蜡烛八文钱，一盒火柴两文钱，正好用了十文钱。"说完，他"呲——"的一声，划着火柴，点燃了蜡烛。火焰渐渐由小变大，轻轻跳跃着。熠熠的烛光，瞬时间驱散了幽暗，装满了整个屋子。

老父亲见了，不禁连连点头，心里十分高兴。两个哥哥也把赞佩的目光投向弟弟。

向借钱人要借据

很久很久之前，伊朗有个叫哈桑的好心人。有一次，他借给一个商人2000金币，可是第二天不小心把借据遗失了，到处找也找不到。好心的哈

桑急得身上直冒汗。

哈桑的妻子在一旁，也想不出什么补救的办法，嘴里还不停地嘟囔、埋怨。哈桑心里发慌，赶忙跑去找他最要好的朋友纳斯列丁，请他想个办法。

"如果那个商人知道我丢了借据，肯定不会把钱还我，怎么办呢？那可是 2000 金币啊！"哈桑忧心忡忡地对朋友纳斯列丁说，"我手头再没有任何关于这笔借款的证据了。"

"商人借钱时没有第三个人知道吗？"纳斯列丁问。

"只有我妻子知道，但也是商人把钱借走之后，我才告诉她的。"

"意思是说，鱼儿跑了，才撒下网去。"纳斯列丁说，"那么，商人借钱的期限是多长时间？"

"时间是一年。"好心的哈桑答道。

纳斯列丁沉思了片刻，想出了一个好办法，他兴冲冲地对哈桑说："可以向那个商人要一个借钱的证据。"

"什么？开什么玩笑！向借钱的人要借钱的证据？"哈桑不仅困惑不解，而且感到荒唐可笑了。

"没有开玩笑，只有这个办法可行。"纳斯列丁说，"你马上给商人去封信，要求尽早归还你借给他的 2500 金币。"

"弄错了，不是 2500 金币，我只借给他 2000 金币，哪来的 2500 金币啊！"

"我知道借的是 2000 金币，所以，你去信催讨 2500 金币，他才必定立刻复信，说明他只欠你 2000 金币。这样一来，你手头不就有证据了吗？"

哈桑一听大喜，感觉再也没有比这个办法更好的了，他便立刻写了一封信。对于为什么要急着催这笔借款，哈桑在信中将理由说得很充分，可以让人信服。

过了大约十天，哈桑收到了借钱商人的亲笔回信，信中这样写道：

"……你发生了特殊情况，对此，我表示遗憾，为你痛心。但是请你原谅，我不能照你要求的去做，我们商定的借期是一年，我是按借款日期安排我的买卖的。"

"还有说到借款的数目，你搞错了，一定是你错了！因为我只从你那儿借了 2000 金币，绝不是 2500 金币，你那里有我亲自写的证据。你是不是把别人的借款弄到我头上来了？千真万确，我借的是 2000 金币，绝不是 2500 金币……"

哈桑看完这封信，哈哈大笑起来，心里非常感谢好朋友纳斯列丁。

兑现不了的赏赐

国际象棋，又称欧洲象棋或西洋棋，是一种二人对弈的棋盘游戏。国际象棋的棋盘是四方形，由 64 个黑白相间的格子组成。这个故事不需要懂得如何下棋，只要知道国际象棋的棋盘是四方形的，上面画着 64 个小方格就行了。

国际象棋是印度宰相西萨·班·达依尔发明的。据说国际象棋发明后，深受人们的喜爱、推崇，国王舍罕王知道后也非常高兴，当即就把宰相达依尔召到面前，说："爱卿，你以自己的聪明才智发明了这种变化无穷、引人入胜的游戏，我要重重地奖赏你。"

宰相达依尔跪倒在国王面前，说："非常感谢，陛下，能得到您的认可，臣万分荣幸！"

舍罕王说："爱卿，你有什么要求尽管说吧，我可以满足你最大胆的要求，只要你能想到的。"

达依尔低下头去不作声，他在默默沉思。

"不要有什么顾虑！"国王鼓励说，"说出你的愿望来吧，我一定满足你的要求。"

"陛下，"宰相说，"那就请您在棋盘的第一个小格内赐给我 1 粒麦子吧。"

"什么？一粒麦子？"国王感到非常意外，惊讶地问。

"是的，陛下，您没有听错，是一粒普通的麦子。"宰相说，"然后，请在第二个小格内赐给我 2 粒，第三个小格内赐给我 4 粒，第四小格 8 粒，第五小格 16 粒，照这样下去，每一小格是前一小格的 2 倍。把摆满棋盘 64 个小格的所有麦子赏赐给我吧！"

"你的要求竟然这么低！你不是在开玩笑吧？"国王有些生气了。他觉得这种要求是对他的一种蔑视。国王用一种半讥讽、半生气的口吻说："爱卿，你不会认为这种要求我满足不了你吧？"

说完，国王当即就命令侍从扛来一口袋麦子。麦子扛来后，国王亲手在第一小格内放了 1 粒麦子，在第二小格放了 2 粒，第三小格放了 4 粒，第四小格放了 8 粒，然后就很扫兴地离开了，叫侍从代替他，并嘱咐说："填满方格，然后给宰相送去就行了。"

这个侍从有些头脑，他没有急着一格一格地去放麦粒，而是先算了算，看看总共需要多少麦子。

数目很快计算出来了。这个数目竟把侍从吓呆了，他赶紧去报告国王。

"国王陛下，我已经准确地算出了宰相要的麦子数量，这个数目很大很大……"

"很大很大？能有多大，不管这个数目有多大，我是绝对付得出的。"国王不耐烦地打断侍从的话说，"我答应的赏赐，要一粒不少地给他。"

"陛下！这事是无论如何行不通的！"侍从说，"宰相所要求的，不仅粮仓的麦子不够，就是把全世界的麦子都给了他，那也离宰相要求的数目很远很远。"

"啊！竟会有这样的事？你是不是算错了？"国王十分惊诧。

"千真万确，陛下，我计算得非常仔细！"接着，侍从便算给国王听。计算过后，侍从告诉国王宰相达依尔要求赏赐的麦子数目是：

$$1+2^1+2^2+2^3+\cdots\cdots+2^{62}+2^{63}=18,446,744,073,709,551,615$$

一立方米麦子约有 15,000,000 粒。照这样计算，宰相所要赏赐的数目为 1,200,000,000,000 立方米的麦子。这些麦子比全世界两千年生产麦子的总和还多。假如造一个高 4 米，宽 10 米的粮仓装这些麦子，这个粮仓就有 30,000,000 千米长，多么庞大的数目！

骄傲且又愚蠢的国王哪有这么多的麦子呢？宰相达依尔利用自己的智慧让骄傲的国王欠了他一笔永远也兑现不了的奖赏。

土耳其商人的精明

从前，有一个精明能干的土耳其商人。他经营有方，买卖越做越兴旺，店里的人手不够用了。他便贴出招聘启事，招聘两个伙计，协助他经营生意。

启事张贴出没几天，有两个人前来报名。这两个人也真有意思，高矮差不多，却一个精瘦，一个肥胖，好像有意来做鲜明对照似的。两个人对商人都很尊敬，对做买卖也都十分热心。商人很满意，但他还想知道这两个人中哪个更机智、更聪明些。

最后，商人想出了一个测验的办法。一天，商人把两个人带进一间狭窄的屋子。屋子里空荡荡的，没有什么东西，屋子的一个小窗用厚帘子遮着，透不进阳光，屋里全靠灯光照明。

两个人莫名其妙，不知道商人要干什么。商人打开一个盒子，对两个人说："盒子里放着五顶帽子，两顶红的，三顶黑的。现在我把灯关掉，我们三个人每人摸一顶帽子戴在自己头上，然后我盖好盒子，打开灯。你们俩要说出自己头上戴的帽子是什么颜色，看谁说得快而且准确。"

两人都听明白了，于是商人就关上了灯，顿时，屋内一片黑暗。三个人各摸了一顶帽子戴在自己头上。商人把盒子盖好，又打开了灯。

当灯开亮之后，那两个人同时看见商人头上戴着一顶红色的帽子。两个人又互相看了一眼，略一迟疑，那个瘦子立即喊道："我戴的是黑色的帽子。"

胖子有些诧异。商人却显出稳沉的样子，问瘦子："你怎么知道自己戴的是黑色的？"

"我是从他的犹豫中知道的。"瘦子指着胖子说。接着，他就向商人讲了自己在瞬间做出判断的经过：

"一共只有两顶红色的帽子。当灯亮时，您的头上已经戴了一顶红色的，这是我们俩同时看到的。如果我再看见他头上戴的是红色的，我会立刻判断自己戴的是黑色的。同样，他看到我头上戴的是红色的，他也会立即做出判断，说自己戴的是黑色的。可是，灯亮后，我们俩互相看过之后，谁也没有立即说话，原因肯定是我看见他戴的和他看见我戴的帽子都一样，不是红色的。所以，我可以断定我戴的帽子是黑色的。"

听瘦子这么一说，胖子才明白过来。

商人微笑着连连点头，对瘦子的敏锐、果断十分满意。结果，那个瘦子被商人录用了。

魔术师的"戏法"

夜晚降临了，眨眼的时间，成千上万盏灯亮了起来，上海这座临海城市，顿时掩映在灯海水影之中，显得异常美丽。在一家知名的饭店里，隆重的宴会开始了。有十几位外宾明天就要离开上海回国。丰盛的宴席就是为欢送他们准备的。

宴会厅里，灯火闪烁，人人笑容满面，喜气洋洋，宾主不断举杯话别。穿着整洁服装的服务员，忙碌地走来走去。

在这热烈欢快的气氛中，有一位中等身材、体型匀称的外宾，似乎没有被这种热烈的气氛所感染，他的注意力倒被面前的酒杯吸引住了。

酒杯名叫九龙杯，上面雕刻着九条腾飞的龙。飞龙雕刻得细致清晰。龙口里含着金珠，斟酒入杯，金珠闪闪滚动，使人觉得仿佛龙在游动。那位外宾看得入迷了，他想把九龙杯窃为己有。

偷窃的念头一产生，他就心虚地看了看周围，像是怕有人窥探到了他心中秘密似的。当发觉没什么异常现象时，他放下心来。

他决定行动，转眼间，他一改原先沉寂的状态，变得格外热情而豪放了。他边喝酒，边两手比画地谈论着什么。喝过几杯后，他装着不胜酒力的样子，瞅准机会，顺手把一只九龙杯塞进了他的公文皮包。

可令他没有想到的是，他的举动却被一个女服务员看到了。她立即把这情况告诉了饭店经理。

经理到宴会厅仔细观察了一下，然后找了几个人商量对策。

"直接到他皮包里去翻是不行的，他会提出抗议，这会造成很坏的影响。对两国的关系没有好处。"经理说。

"想法把他引开，再悄悄地从他皮包里把九龙杯拿出来。"女服务员出了个主意。

"可能行不通，在这个时候，他是不可能让皮包离开他身边的。"经理摇了摇头。

"那就通知机场，明天上飞机之前，让他们把那个人的皮包扣下。"一个负责饭店保卫工作的人说。

"那更不行了，夜长梦多，这一晚上还不知又有什么变化呢！"经理又摇了摇头，他蹙着眉头，感到这事不太好处理。

一时间，大家都沉默不语了，谁也想不出更好的办法。

经理忽然想到，周总理正在上海，这事关系到两个国家的友好往来，应该把这情况尽快反映给周总理。想到这儿，经理立即乘车去找周总理汇报。

周总理听完饭店经理的汇报后，沉思了一会儿说："九龙杯是国家的宝贝，一套是三十六只，谁想拿走一只，这是绝对不允许的！因此一定要追回来，但是也要注意方式方法，要有礼貌地、不伤感情地追回来。"

周总理顿了顿，问道："今天晚上为外宾安排了什么活动？"

"宴会结束后去看杂技表演。"饭店经理说。

周总理一听笑了，说："有办法了，让他们来欣赏一下中国杂技的奥妙。"说完，一一做了安排。

为外宾安排的杂技表演按计划上演了，杂技场里灯火辉煌，随着精彩表演的进行，掌声不断。坐在前排的外宾们，被奥妙的中国杂技表演吸引住了，惊异得不断地交头接耳，有的情不自禁地离开座位，对着舞台，举起了照相机。

最后一个节目是魔术，只见，一位高个子魔术师很有风度地走到台前，轻轻咳嗽了一声，然后从口袋里掏出一方白手帕，擦擦嘴巴，抹抹鼻子，双手又撮了两下，洁白的手帕变得无影无踪了。与此同时，有两位工作人员把一个方桌放在台中央，桌上放了三只九龙杯。

高个子魔术师来到桌旁，把三只九龙杯逐个拿给观众看，还轻轻地敲两下，发出清脆的声响，证明这九龙杯是真的。然后拿一块方布把九龙杯盖住，接着，魔术师走离开桌子几步，从裤布袋里掏出一只手枪，高高举起，"啪"放了一枪。再掀去方布一看，桌上的九龙杯只剩下了两只，另一只不翼而飞了。

另一只九龙杯哪去了呢？正当外宾感到奇怪的时候，只见魔术师走下台子，到了前排外宾席前，向着那位拿了九龙杯的外宾深深鞠了个躬，并请求他把公文皮包打开。那位外宾虽然有些迟疑，但众目睽睽之下，只得把包打开。魔术师从他的公文包里拿出了那只九龙杯，举给观众看。

瞬时间，一片经久不息的掌声在杂技场里响起，那位外宾也略显尴尬地跟着笑了。

不必取走的来信

邮票诞生前，欧洲各国邮政大多实行由收信人缴纳资费的方法，按路程远近确定邮费的多少，然后将邮费写在信封上，在信件送达时由送信人收取。

一天，英国的一个偏僻村庄来了一辆马车。马车停在村口一块敞亮的地方。孩子们首先发现了这辆马车，蹦跳着来到车旁。接着，大人们也陆续围

拢上来。

与孩子们对马车新鲜感不一样，大人们关心的是马车给他们带来的欣慰、愉快或忧愁。那时邮资是昂贵的，取信人先要付出邮资，然后才能取走信件。

有一个年轻的姑娘看到有自己的信，高兴得两颊飞起红晕，她将信捧在手中，看了又看，吻了又吻，然后把信放下，对邮差说："对不起，先生，请把信退回去吧，我没有那么多钱付邮资。"

邮差愣住了，他没有遇到过这样的事。一位名叫罗兰·希尔的青年慷慨地解囊相助，替姑娘付了邮资。姑娘却笑笑说："先生，谢谢您的好意，但请把钱收回吧，我已经不需要信了。"说完，又深情地看了看本属于她的信，然后转身走了。

罗兰·希尔很奇怪，他拿起那封信一看，了解到信是姑娘的未婚夫从伦敦寄来的，便产生了怜悯之心，就因为舍不得花邮资，连未婚夫的信也不拆开看了，她心里该是多么痛苦啊！

令好心的罗兰·希尔没想到的是，事情并不像他想象的那样。原来，那年轻姑娘预先与去伦敦的未婚夫约好，如果信封右下角画有一个"○"，表示他已找到工作，这样就不必花钱取这封信了。

姑娘在未婚夫从伦敦来信的信封右下角发现了一个"○"，知道未婚夫已经找到工作了，所以，她感到既幸福又兴奋，按照约定，她没有花钱取走这封信。

当好心的罗兰·希尔知道事情的原委后，他认为这是一种投机取巧的行为，他说："投机取巧，这是年轻人的一种耻辱！"可他转而又想，"要杜绝这种现象，必须先堵塞邮政上的漏洞！"

他分析了当时的邮政制度，大胆地向议会提出了改变邮政制度的三条建议：一是大幅度降低邮资，二是按重量计费，三是邮资改为寄信人预付。

英国政府对这个建议很感兴趣，经过一番讨论，很快采纳了他的建议。罗兰·希尔开始成为英国邮政系统被注意的人物。

建议被采纳后，罗兰·希尔又陷入思考。他想："寄信人预支了邮费，怎样从邮件上表示出付了邮费，并知道预付了多少邮费呢？"

"做一个简单的记号？那还会给一些人造成可钻的空子；做一个复杂的记号？不同重量的邮件费用不同，千差万别，许许多多的记号又会带来混乱。有没有简便易行而又无隙可乘的办法呢？"

一个个假设，一个个推断，最终经过不懈的探索，罗兰·希尔终于设计出能表示邮资的凭证——"邮票"。他把他的设计报告给英国政府，英国政府很快接受了他的意见。

1840 年 5 月 6 日，英国首次正式发行邮票。邮票的图案是英国女王维多利亚肖像，票面是黑色的，价值一便士，又称黑便士邮票。

邮票的问世，给人们通信带来了极大的方便，因此很快为世界各国所接受，并且一直沿用到今天。

给邮票打孔

便捷的邮票在英国一诞生，便很快风靡开来，世界绝大多数角落都可见其踪影。

邮票的方便是相对的，还有其不方便之处，那时的邮政人员身边必须备有裁纸小刀，好随时把几十枚连成整张的邮票裁开出售；寄信人有时买了大张的邮票，到需要寄信时，也要找来小刀，把大张的邮票裁割成单个邮票使

用。这样不但麻烦，还不易裁整齐。

1848 年的一天，英国人亨利·阿察尔走出实验室。他正在做新发明实验，在实验室他一连待了十几天。今天出来想透透气，他带着疲惫的神色，踱进一家酒吧间。

酒吧间里顾客不多，也不太嘈杂。亨利·阿察尔走到临街窗口下的桌子旁，要了酒，慢慢地喝着。

这时，一位外地的客人走进来，坐在他身旁，点了杯酒，喝了几口后，掏出信笺来写信。信很快写好了，装进了信封，又拿出预先购买的一整张邮票，准备裁下一枚，贴到信封上寄走。可是，他摸遍了衣服上所有的口袋，发现忘了带小刀。他很恭敬地对亨利·阿察尔说：

"先生，您带小刀了吗，麻烦借我用一下？"

"很抱歉，我也没带。"亨利·阿察尔摊开两手说。

那人看看身边的另外几个人，想去问问，但最终没有去问。他摆弄着手中那一大张邮票，看来是想用手裁开，可又怕裁坏了。

他蹙着眉头，犹豫了片刻后，取下了别在西服领带上的一枚别针，在各枚邮票连接处刺了一行行小孔，很整齐地把邮票扯开了。

"这个办法不错，这是个很会动脑的人。"亨利·阿察尔在心里说。他忘记了喝酒，他的注意力全被那人的举动吸引去了。

那位聪明的客人把一枚边上带着整齐齿纹的邮票贴在信封上，把其余的那些顺着一行行小孔折叠起来，放在提包里，然后喝完了杯中的酒，离开了酒吧间。

亨利·阿察尔脑海里一直出现那人用别针在邮票间刺一行行小孔的情景，他总觉得应该从中能发明出什么东西来。

过了一会儿，亨利·阿察尔似有所悟，他从酒馆走回实验室，立即投入

了一项新的紧张的实验工作中去。

时隔不久，一种新的机械——邮票打孔机，在亨利·阿察尔的实验室里制造出来了。它会给一大张邮票中每枚邮票之间打上一行行整齐的小孔。这样，要把每枚邮票扯开，就十分方便了。这个方法很快被英国邮政部门采用了。后来，邮票打孔机在世界各地流行开了。

帕斯卡找"秘密"

帕斯卡是 19 世纪法国著名的数学家、物理学家、哲学家和散文家。帕斯卡自幼聪慧，遇到什么事，总爱问个为什么。

有一次，他放学走在回家的路上，看到一个人在浇花。那人把一条长长的扁的水龙带接在水龙头上，水龙带一下子变得圆鼓鼓的，水哗哗地从水龙带那一头流进花园里。

帕斯卡觉得十分新奇。他双脚偷偷地站在水龙带上，只感到水从里面呼呼地流过，却踩不断水流。他又用手去按水龙带，可怎么也按不扁，水依然不停地流着。

水龙带上有两个小孔，水从这两个小孔喷射出来，喷得很高，在空中画了一个弧形，才洒落在地上。帕斯卡好奇极了。他伸出小手想堵住小孔，却怎么也堵不住，手还被水刺得痒痒的。

这时，小帕斯卡大脑里突然画了几个问号：水在水龙带里往前跑，为什么能把水龙带撑圆呢？小孔里的水为什么能喷出来，而且还喷得那么高！

帕斯卡带着疑问跑回家。一进家门，他就迫不及待地把这两个疑问抛给了爸爸。可令他失望的是，爸爸没有回答上来，却故作生气地说："学好书

本知识就行了，不要整天想这想那的。"

小帕斯卡却不肯就此罢休。他想法搞到一段水龙带，然后将水龙带接在水龙头上，观看往外喷水的情景。他还特意在水龙带上扎了几个小孔，让水从小孔里喷出。帕斯卡发现，从小孔喷出的水花都一样长。

还有一次，帕斯卡又搞到一段比较薄的细皮管子，他把这段细皮管子的一段安到水龙头上，然后打开水龙头，顿时细管子一下子被水撑得很粗很粗。他感到非常惊奇："柔柔的水竟有这么大的力量！"

帕斯卡的聪明劲上来了，他做了一个扎有许多小孔的空心球。空心球上连接了一个圆筒，圆筒里安了个可以移动的活塞。帕斯卡把水灌进球和圆筒里，用力按活塞，水便从每个小孔里很均匀地喷射出来。

帕斯卡还发现：不按活塞，空心球里的水不向外喷射；按活塞用的劲小，水从各个小孔喷射出的劲就小，水花喷射的距离就近；用的劲越大，水从各个小孔喷射出的劲就大，水喷射得越远。这到底是怎么回事呢？小帕斯卡一时找不到其中的原因。

帕斯卡的好奇心越来越强，他决定一定要揭开这个秘密。帕斯卡慢慢长大了，他不断实验，不断研究，终于有一天知道了水龙带在被灌注进水之后变得鼓鼓的，以及从小孔往外喷水是因为流动的水有压力的结果。

秘密被揭开后，帕斯卡继续研究，最终发现了一条规律。这条规律就是：加在密闭液体上的压强，能够按照原来的大小由液体向各个方向传递。这个规律后来成为物理学上重要的规律之一，被称为"帕斯卡定律"。